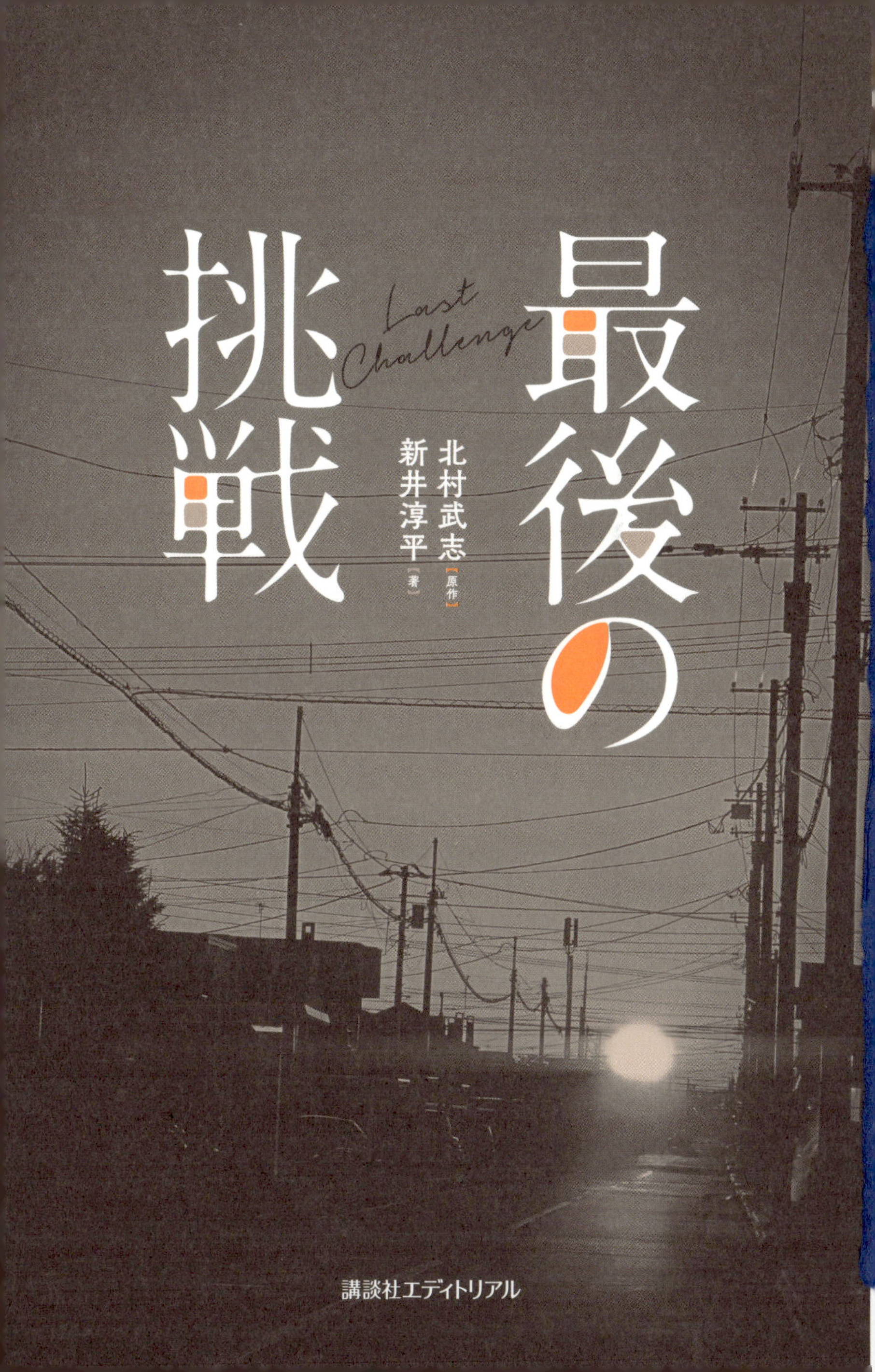

最後の挑戦

Last Challenge

北村武志【原作】
新井淳平【著】

講談社エディトリアル

はじめに

これは、ある一人の男の物語だ。
彼は北大阪の「不良」「極道」で名を馳せた。
しかし薬に溺れ、切腹。死にきれず、ロシアンルーレット。
何度も自殺を図り、それでも、もがきながら生き続けてきた。
――これは、その半生である。
彼は言う。
「私がここまで来られたのは、今の妻ゆかりと、現社長立林《たてばやし》のおかげです」と。
彼の名は、北村武志《きたむらたけし》。
今日《こんにち》の株式会社〈北洋《ほくよう》〉の会長である。
縁あって私は、この男の生き様を小説という形で描き出そうと決めた。
その凄まじい実像の中に、ほんの少しのフィクションを織り交ぜて。

目次

最後の挑戦

装幀／相京厚史（next door design）
装画／今中信一

第一章　囚人篇

1　塀の中の今

――冷たい。

コンクリートの床に素足で触れた瞬間、堪らない孤独感が押し寄せた。

武志は我に返った。「しまった、やってもうた」と、心の中で呟いていた。

だが時すでに遅し。手には革手錠《ワッパ》が嵌《は》められている。右手は腹を回り込み左腰に、左手は背中を回り込み右腰後部に。苦しい体勢を強いられ、身動きできない状態にされていた。

ほんの三十分前、工場で一人の受刑者と揉め事になった。しょうもない理由だった。だが、つい自分から手を出してしまい、取っ組み合いの喧嘩《けんか》になり……今や独り、全面がコンクリート打ちっぱなしになった冷たい保護房の中だ。

あっという間の出来事だった。

刑務所内で暴行や傷害を起こした受刑者は、一度この部屋に収容される。期間は定められていないが、武志がこれまでに耳にしたところでは、三泊四日という例が最長だった。

「いったい、いつまで入れられるんや……」

保護房には時計がない。小さな天窓には分厚いガラスが嵌め込まれており、明かりが少し見えるか見えないかで、時刻がわからない。

正座をして姿勢を正した状態を強要された時間が、延々と続いた。しんと静まり返った闇の中で、ただただ延々と。

やがて、看守によって飯が運ばれてくる。それで、夕方になったのだとわかった。

食事の際も、革ワッパは外してもらえなかった。手を使えず、置かれた飯を犬のように食った。以前映画で見たまんまの、惨めな有様だった。

就寝を言い渡され、ようやく正座を免れた。ほっとしたのも束の間、ワッパを掛けられたまま口で布団を敷くことになる。これも惨めだった。

「大便でもしとうなったら、どないするんや。どうしようもないやないか」

そう思ったが、さすがに精神的に催《もよお》さなかった。小便だけはしたが、これはなんとかワッパが五センチは動かせたので、ズボンのボタンを開けてすることができた。

武志は全身が強張り、くたくたの状態で眠りに落ちた。


武志がここ――姫路少年刑務所に収監されたのは、今を去ること一年五ヶ月前の平成二年五月。二十四歳のときだった。

刑務所の生活にはすぐに慣れたが、喧嘩や悪さをして懲罰房に行く者は毎日後を絶たない。囚人たちの大半は、なにせ、やることがおかしかった。

最も違和感を抱いたのは、大勢で寄ってたかって一人の人間を叩くことだ。そういう悪質でしょうもない奴は、標的を見つけるとすぐに周りの人間を抱き込み、嬉々としてけしかけていく。日々そこここで散見されるそんな出来事に、武志は内心、激しい憤りを感じていた。許せない――と。

だが、あえて渦中に飛び込んでいくようなことはしなかった。仮出所を目指すためには、万が一にも揉め事を起こすわけにはいかなかったのだ。

素行や振る舞いとは別に、人生の悲喜交々《ひきこもごも》も、日常的に目の当たりにした。つい前日まで、仲のいい夫婦だと自慢していた者が、突然離婚届が送られてきたと消沈している姿には、同情を禁じ得なかった。皆、自業自得で入ってきたのだから、無理もない事態ではある。だが、外に妻子を持つ武志にとっては、決して他人事と割り切れるようなことではなかった。

寝床となる雑居房は、七人か八人で同居するのが刑務所の常だ。

入って間もない頃、一緒の房の人間が「今日の担当、アイツむっちゃ嫌いでんねん」と武志に言い出した。ある日の夕方、配食のときのことだ。

担当刑務官が来て「はい、六房配食」と房内に食事を差し入れる。房の皆は代わる代わる飯の入ったプラスチック製のお椀を受け取った。先程の男も椀の一つを受け取る。とそのとき、男がこそっと椀の蓋を開け、中に何かを入れる様が武志の目に映った。その直後。

「先生、何かこれ入っててまっせ」

その男が言った。この少刑では担当刑務官のことを先生と呼ぶ。

担当は不機嫌そうに「なんや」と言って、椀の蓋を取った。途端、その顔が強張る。そして

「これなんや！　こんなもん入るわけがない！」と一喝した。

武志が不思議に思い覗き込んでみると、椀の汁の中には十数本もの陰毛が入っていた。

担当が嫌い、と話したときの顔つきから「この男、なんや担当に嫌がらせをしてるんやろうなぁ」とは思っていたが……。まるで子供がすることで、ついクスっと笑ってしまった。咎められるかと思い、はっとしたが、担当は男と言い合いを続けていて、意に介していないようだった。

「こんなチン毛入れるのは、おまえしかおらんやろ」

「先生、わしは絶対してない。ましてその毛、オメ毛かもわかりまへんがなっ」

これを聞いた房の連中は、さすがに皆、プッと吹き出してしまった。武志も同様だった。

こんなこととして何がおもしろいねんやろう。呆れ返ったものの、ほどなく笑いが引いてみると、ふと頰の感覚に違和感があることに気づいた。ずっと表情筋を動かしていなかったのだ。

つまり、ずっと笑っていなかった――その事実に思い至ったとき、武志の中から男を馬鹿にする気持ちは消えてなくなっていた。

皆、懲役の身だ。一日一日が少しでも早く終わってほしい、少しでもいいから笑いたい、という気持ちで毎日を過ごしている。そう考えれば、こんな子供じみた悪戯の一つも、貴重な出来事だと感じられるようになったのだった。

――武志は目を覚ました。

いつの間にか夢を見ていたらしい。保護房の外、廊下の先からは「イチ！」「ニー」「サンっ」「シー！」と、懲役囚たちによる朝の掛け声が聞こえている。朝になったのか、と呆然と思った。だが依然、革ワッパをされたままの体の疲れは、まるで癒えてはいなかった。

靄の掛かった頭で、くだらない夢を見た理由を探してみる。それこそ、今の自分は少しでも笑いたい心境だったのかもしれない。そう感じて、思わず自嘲した。

ほどなく、担当の刑務官が武志の保護房に食膳を持ってきてくれた。

朝食はパンだ。いい担当はパンの上にジャムを掛けてくれる。今朝は白いパンの上に、その鮮やかな赤色が乗っていた。が、当然今回も手は使えず、口で食うしかない。舌に感じるほのかな甘味をよそに、気分は一向に晴れなかった。

「こんなん、いったいいつまで……」

ひたすらの正座とひたすらの孤独感を味わいながら、結局、二晩が過ぎることとなった。

そして訪れた、三日目の午前中。担当が十五センチほどの分厚いドアを開け、革ワッパを外してくれた。彼は「ゆっくり動かせよ」と言い、何度も手首を回させた。

四十八時間も不自然な状態で固定されていた手の感覚はすっかり鈍っており、動かすと軋むような感触とジンジンとした痛みが響いた。

保護房を出た武志が次に入れられたのは、懲罰待ちの独居房だ。ここまでの革ワッパなどの仕打ちはまだ懲罰以前のこと。この独居房で過ごす十日ほどのうちに「懲罰審査」――刑務所のお偉いさんが居並ぶ、いわば所内での裁判のようなものに掛けられ、判決もかくや、懲罰の期間が決定されるのだ。

刑務所の規律は厳しい。うっかり備品を落として欠けさせてしまっただけでも、一週間から十日の懲罰とされることもある。喧嘩の場合は成人刑務所なら三週間から一ヶ月、ここのような少年刑務所なら二週間ほどが相場となっている。今回の武志も案の定、懲罰審査の結果十四日間という懲罰が言い渡されたのだった。

ほどなく、独居の懲罰房で懲罰に順ずる日々が始まった。

懲罰は、朝起きてすぐ「懲罰開始」の号令が掛かると同時に始まる。房内で閉じた覗き窓のほうを向き、ただじっと姿勢正しく正座をして過ごすのだ。昼飯のときは姿勢を崩すことができたが、それが過ぎるとまた午後もずっと正座。刑務官は三十分か一時間か、特に決まった法則もなく小窓を開けて覗き、その姿を確認する。そうした度重なる確認によって、真面目に懲罰に臨んでいることが評価されると、「免罰」といって、当初の懲罰期間が短縮されることもあった。いわば、減刑のようなものだ。

武志はとにかくそれを目指した。揉め事を起こしてしまった今、懲罰房の中で自分にできることはそれ以外にない。真面目な態度を認められ、少しでも早く元通りの、平常な刑務所生活に戻るのだ。

武志は前の弁当――つまり執行猶予と、組事《くみごと》による今回の刑とで、合わせて二年十ヶ月の刑を打たれていた。まず逮捕された平成元年のうちに拘置所に送られ、その後、裁判により前述の刑が確定。さらに同所の確定房というところで過ごし、その後、武志はこの姫路少年刑務所にやってきた。それが平成二年の一月のこと。受刑期間には拘置所で過ごした期間も含まれるため、計算上、平成四年の五月が満期。仮釈放になれば、平成三年の十一月には出所できる予定だった。

が、しかし。それは今回の揉め事を起こす前までの話だ。

目下予定されていた仮釈放の話は、今回のことで間違いなく破談。満期まで刑に服することになる。

「すまん幹代《みきよ》。堪忍やで……」

懲罰房の中で一人武志が呟いたのは、塀の外でずっと出所を待ってくれている妻の名前だった。彼女は入所から一年以上が経つ今日まで、毎週欠かさず面会に来てくれていた。

きっと今週も来てくれていたに違いない。だがそこで刑務官に言われ、知ったはずなのだ。武志が今は面会できないと。つまり、所内で何か問題を起こしてしまったのだと。

武志はじっと正座に耐えながら、一年ほど前の、妻との面談での出来事を思い出していた。

懲罰に順ずる長い長い時間は、刑務所での忙しい毎日にがむしゃらだった武志の心を、過去へ過去へと向かわせたのだった。

2　不始末に至る事件

今からちょうど一年ほど前、平成二年、十一月のある日だった。

刑務官から面会の呼び出しを受け武志が面会室に降りていくと、そこには思った通り妻の幹代が座っていた。彼女の顔を見ると、心の中にさっと爽やかな風が吹き込む気がする。掛かっていた雲が吹き流され、陽光が差し込んだような気持ちになる。

アクリル板を挟む形で向かい合い、いつものように家での近況を聞いた。まだ幼い二人の娘たちの様子を聞くのが、武志にとって何よりの楽しみだった。

「また家で夕愛《ゆい》が『パパーっ』って叫んでたよ」

そう話して、幹代が小さく笑う。上の夕愛が三歳で、下の桜多《えいな》が一歳半。下のチビはもう自分のことを覚えてないだろうが、夕愛はよく「パパ、パパ」と懐《なつ》いてくれていた。

出所したら一番に娘に会いたい。武志は話を聞くたび、そう考えていた。

「今は夕愛も桜多も保育園に行ってるよ」

そうだ——保育園に迎えに行って、びっくりさせて喜ばせたんねん。

武志は心の中で思った。娘が驚いた顔で喜び、自分に駆け寄ってくる。自分はスモック姿の小さな体を抱き上げて、頭をこれでもかとガシガシ撫でてやるのだ。

そんな光景を思い描くと、途端に活力が湧き上がってくる。出所の日が、今から楽しみに思えてくるのだった。

組からは「満期で帰れ」と言われるのが本来のところだが、武志は入所前に組長から「仮釈放をもらって早く帰れ」と言われていた。それは、武志が籍を置く〈池田興業〉の組長、池田《いけだ》英二《えいじ》の温情だった。所内で今日まで真面目に頑張ってこられたのは、その一言があったから、という側面もあるだろう。

武志が組長の顔を思い浮かべていると、不意に幹代が口を開いた。

「阿倍野《あべの》のおじさん、病院から帰ってきたよ」

その一言を聞いた武志は、「そうかっ」と力強く頷いた。

幹代は、面会に来るたびに組の話も聞かせてくれていた。もちろん、同席している刑務官の手前、大っぴらには話せない。そこで、舎弟の名前を出したりすることでだいたいの様子を察する、という形式をとる。

つまり、幹代がたった今口にした一言は、池田の親分が無事に出所した、ということなのだ。この上ないほどの吉報だった。

一年と半年ほど前に武志が逮捕されたとき、同時にあと五名の組の者が逮捕されていた。それが、四人の若い衆と、池田の親分だったのだ。口にしたのは初めのうちだけだったものの、親分に迷惑を掛けてしまったことを、武志はずっと心の中で悔やみ続けていたのだった。

「よかった、何よりだ」

そう言ったが、さりとて、あの日の自分の不手際を忘れたわけではなかった。

あのとき自分がちゃんとしていれば――その思いは、忘れてはいけないのだ。二度と、今回のような事態に陥らないために。

それは、極道の世界で契《ちぎ》りを結ぶ〈盃事《さかずきごと》〉に始まる事件。

武志らの逮捕よりもさらに時を遡った、平成元年の出来事である。

「オレは池田組長の舎弟になります」

発端は、鎌田《かまた》という男が口にしたその一言だった。組長は鎌田が舎弟になることを許可したものの、いざ盃事を交わす当日、待てど暮らせど鎌田は組事務所に姿を現さなかった。

「鎌田はまだか！」

ついには組長が声を荒らげた。

技術の発展したのちの時代なら、携帯電話などによって連絡をつけることも居場所を確認することも容易にできただろう。だが、当時はまだ〈神戸明石《あかし》組〉が四代目から五代目に移ろうかという頃――平成元年の二月だった。車載電話こそ少しずつ増え始めたものの、携帯電話はまだろくに普及していなかった。

時間が過ぎるにしたがって、親分の顔色が変わってくる。

それまでに武志たち若い衆は、何度となく鎌田の自宅や、鎌田が女房にさせている居酒屋に電話を掛け続けていた。だが、鎌田の行方は一向にわからない。

もし、今回の盃事が池田興業内だけに収まるものであれば、まだよかったのだ。しかし、現場には見届け人として徳永組の若頭《わかがしら》が来ていた。池田組長にとって徳永の組長は、同じ親分の下に仕える直系若衆であり、つまりは暖簾《のれん》兄弟。そこの若頭を前にしてこの事態では、池田親分の立場がない。

　武志も煮え湯を飲まされる思いだった。

「鎌田の奴め……」

　ここは池田興業の若頭補佐である自分が片を付けてみせる。すでにそう腹は決まっていた。親分の判断の下、今日の場が中止と決まると、武志はすぐさま若い衆を連れて夜の街へ駆け出した。鎌田の行きそうなところを次々に探して回った。けれど、それでも奴は捕まらない。携帯電話のない時代、街の中で一人の人間を見つけ出すことは実に困難だったのだ。

　それでも、時間さえ絞れば鎌田の居所《いどころ》はだいたいの見当がつく。

「やはり身柄《ガラ》を押さえるには朝だ」

　武志は組員たちに明朝集合の指示を出し、その日は一旦解散とした。

　その後、組事務所に帰ると、そこに池田の親分が待っていた。

「おやっさん。朝には鎌田は必ず姿を見せます。そのとき必ずケジメをとってきます」

　鎌田は、極道や妻の居酒屋とは別に、もう一つ商売を持っていた。通称〈人攫《さら》い〉。西成《にしなり》あいりん地区で人足《にんそく》を確保し、朝方にそいつらを建設業者へ送り込む、という仕事だ。

　朝方のあいりん地区。必ずそこに鎌田が現れるはずだ。

　武志は翌朝に賭《か》けた。

　若衆に集合するよう指示しておいた朝四時前に組事務所を訪れると、意外にもそこには前夜に続き、池田の親分が待っていた。親分も顔に泥を塗られたようなもの、若い者だけに任せておく気にはなれなかったのだろう。

「おやっさん、俺らだけで行ってきますので、待っていてください」

武志は言った。気持ちはわかるが、親分に手間を掛けるようでは、自分たちの立つ瀬がない。必ず鎌田を連れてくるから信じて待っていてほしい。そう幾度か話したが、ついに親分は聞いてくれなかった。

——あれは、俺自身の甘さだった。

武志はのちにこのときの後悔を口にしている。まだ甘さが消し去れていなかった、と。

当時二十三歳といえど最悪の場合を考えなあかんとこやったのに、あのときの自分には親分を止めきれんかったんです。まだ未熟者だったとしか言いようがないことですわ。

結局、武志は親分と若い衆と共に、あいりん地区へ赴《おもむ》くこととなった。

果たして現場に着くと、睨んだ通り鎌田はすぐさま見つかった。

捕まえてガラを押さえ、事務所へ連れていくつもりだった。が、鎌田は取り押さえる最中に必死で手を振りかざし、大声で「助けてくれ！」と周囲に叫んだ。若い者がすぐに押さえつけたのだが、そのときにはもう街ゆく人々の目がすっかり集まってしまっていた。

いわば公衆の面前、連れていけるような状況ではない。武志はそう判断した。

だがそのとき鎌田の口元に、しめた、とでも言うような笑みが浮かんでいることに気づいた。思わず頭に血が上り、その場でボコボコにしてしまった。

ただ、そこまでしても、鎌田が警察《ポリ》に駆け込むことはないとタカを括《くく》っていた。なぜなら、盃事以前に鎌田は事務所に〈道具〉を持ってきて、「これ買いましてん」と嬉しそうに見せびらかしたりしていたからだ。道具とはつまり〈拳銃〉を、だ。

それに、鎌田は生活保護を受けている者を相手に、保護手帳を担保にして金を貸したりもしていた。それでどの面《つら》下げて警察に助けなど請《こ》えるものか。

結局、鎌田を完全にのした後、身柄はその場に残していくこととなった。親分が最後に一言「これからのこと、考えろよ」と言って、武志たちは引き上げたのだった。


その翌月。武志が、池田興業の朝の当番に入っているときだった。

ドンドンと荒々しく入り口のドアが叩かれたかと思うと、すぐさま外から扉が開かれた。

「大阪府警や！」と言い放ち、七、八人の刑事が流れ込むように押し入ってくる。大阪府警、西成警察の暴力団対策課——通称〈マル暴《ぼう》〉だった。

「動くなっ！」

ヤバイ、と思ったときにはすでにそう恫喝《どうかつ》されていた。その場にいる全員が名前をすぐに改められ、家宅捜索が始められた。いわゆる〈ガサ入れ〉だ。

府警のマル暴の中でも、西成、曽根崎《そねざき》、南警察は殊《こと》に担当がうるさいとは聞き知っていた。武志は打つ手もなく、ただ時が過ぎるのを待つことしかできなかった。

ガサが始まり三十分、四十分と経った頃、親分が帰ってきた。親分は表立っては何も言わず、ただ目だけで武志たちの顔を確認した。その静かな視線は、案ずるな、と言ってでもいるかのようだった。

そしてガサが終わり、池田組長と武志の二人に逮捕状が突きつけられる。二人はそのまま連行されていくことになった。警察車両に乗せられた武志の脳裏に浮かんだのは、今朝、家を出る前に妻から掛けられた一言だった。

「――明後日は桜多のお宮参りだから、忘れないでね」

それは次女の宮参りを直前に控えた、ある春の日の出来事だった。武志は車窓を流れる景色を見つめながら、「すまん」という言葉を口の中で嚙み殺していた。

西成警察署に着くと、すぐさま四係の取り調べが始まる。四十八時間の身柄拘束を打たれた武志が取調室に足を踏み入れると、そこには若い刑事が一人ともう一人、羽場《はば》という鋭い目つきをした壮年の刑事が待ち構えていた。

武志は羽場からいきなり怒鳴り声で気合いを入れられ、壁に向かって立たされた。

「おい！　おまえ、自分の名前言うて自己紹介せんかい！」

「え、え？」

「『北村武志です、よろしくお願いします』やろ、言うてみいや！　声が出んくなるまでずうと言うてみいや！　……しょうもない声やったらおまえ、わかっとんな？」

「ああ……北村です」

「あぁ⁉　なんてえ⁉」

刹那、羽場にガッと耳を引っ張られる。そして耳元で、

「き、た、む、ら、た、け、し、で、す、よろしくおねがいします、やろがコラぁ‼」

「北村武志です！　よろしくお願いします！」

「もっと大きい声でぇ！」

「北村武志です！　よろしくお願いします！」

「もっと言わんかい！」

武志は羽場によって、自分の名前を大声で何十回、何百回と連呼させられた。

「それずっと続けんかい！」

それは、一、二時間どころの長さではなかった。

喉が嗄れて声が出なくなっても、まだ続けさせられた。滲み出た脂汗で、全身がぐしょ濡れになった。だが、武志の心は折れてはいなかった。

「よっしゃこい。これからが大事や、正念場や」と、心の中で呟いていた。ここで踏ん張ってさらに男を上げてみせるのだと、ひたすら自分を鼓舞し続けた。

どれほど経った頃か、羽場が不意に連呼の終了を告げた。今度は「その椅子に座らんかい」と大声で武志に怒鳴る。武志は初め、何がなんだかわからなかった。

座れと言われても、椅子が見当たらない。そんなもの、室内のどこにもないのだ。

呆然となる武志に、羽場が吐き捨てる。

「そこに椅子あるやろ。壁に背中つけて座らんかぁ！」

つまりそれは中腰姿勢での、いわゆる空気椅子の強要だった。

——そこらのヤクザも音《ね》を上げるほどの、武志が想像だにしていなかった扱いは、それからも延々と続いた。

数週間後、武志と共に鎌田の暴行に参加していた若衆四人も逮捕された。

実行犯の責任者が武志。親分も一緒だったということで、全治三週間の怪我《けが》を負わせた罪で二人が実刑を打たれた。

他の若い者は罰金で釈放された。武志は初犯ということで、刑務所内での過ごし方について学ぶ〈トレーニングセンター〉に送られ、そこで入所先を検討されることになった。そして、ほどなく二十四歳になった武志は、なぜか再犯者を対象にしているはずの姫路少年刑務所に送致されることになったのだった。

3　仮釈放を目指した時間

かくして平成二年の一月から、武志の姫路少年刑務所暮らしが始まった。

武志は少しでも早く塀の外に出るため、仮釈放を目指して真面目に真面目にと努めて過ごした。その努力の甲斐あって、入所から一年が過ぎる頃には、進級もして等級は二級。房も各等級の者が入り混じる一般の雑居ではなく、〈二級部屋〉と呼ばれるエリートのみが入れる雑居房になっていた。

刑務所内には、受刑者の自主性を尊重するという名目で、制限緩和制度が設けられている。階級は正確には〈一種〉から〈四種〉と呼ばれ、最も上級の一種ともなると、移動にも面会にも刑務官の同行を強いられずに済むのだ。

そうした次のステップを目指して、武志が毎日を懸命に積み重ねていたある日。

昼前に補導課長が武志の元にやってきて、こんな話をした。

「北村、おまえもうじき二十六歳やけど、このままこちらで頑張るか」

武志はハッとした。こう言われるということは、〈パロール〉もそんなに遠いものではないということだ。そう感じ、胸の鼓動が弾んだ。

姫路少年刑務所への入所は、十八歳から二十六歳までの間と決まっている。それ以上の年齢になると、より厳しい成人刑務所に送られることとなるのだ。

ただ、中には特別な者もいる。行状《ぎょうじょう》が特に悪い者は不良押送《おうそう》とされ、二十六歳にならなくても成人刑務所に送られるのだ。また、それとは逆に、二十六歳を過ぎていても仮釈放が懸《か》かっている者などは転所せず、そのまま少刑に居続ける場合もあった。

今回、補導課長が話し始めたのは、つまりそれなのだ。

〈パロール〉とは、刑務所内のスラングで〈仮釈放申告書〉のことを指す。

当時の姫路は真面目にしていたら、刑期が二年であれば四分の一の仮釈放がもらえた。仮釈放の審査に受かりさえすれば、二年の刑期なら一年半で出られることになるのだ。

武志は思った。

未決通算――実刑が確定するまでの勾留期間や入所先が決まるまでにトレーニングセンターで過ごした期間を差し引くと、自分は持ち込みの刑が二年四ヶ月と少し。ならば、七ヶ月か八ヶ月の仮釈放がもらえる計算になる。このままうまくいけば、今年中――平成三年の十一月頃には出所できるのではないか。

実際、服役している半数以上の人間が、仮釈をもらえていた。

やはり、ヤクザをしていてもシャバにいないことには意味がない。何より、組の池田親分も早期の出所を望んでくれていた。それに当然妻も、そして両親も。

自分はいい。好きで納得してこの場所にいるのだから。でも、家族は違う。いろいろな意味で「犠牲」にしているのだ……。

外に残してきた若い衆もいる。逮捕された年に舎弟にした者が六人。最古参であり弟分でもある木元直《きもとなお》の他は、まだ二十歳にもならない若い衆だった。

自分は、この若い衆のためにも必ず組を大きくすると胸に誓い、懲役に下《くだ》ったのだ。

必ず、仮釈放を勝ち取る。武志はそう心に決めた。

「……待っとれよ緒川《おがわ》。出所したら、俺も負けとらんぞ」


それは、入所してからまだ数ヶ月しか経っていない頃のことだった。

──神戸明石組と、一本独鈷《いっぽんどっこ》の博徒の組が戦争になっている。

武志は面会に来た親類から、そんな極道界隈の近況を聞いた。そして、それから二ヶ月も経たないうちに、新聞にある男の名前が出ているのを見つけたのだ。

それが、緒川禎男《のりお》だった。

ガキの頃からの仲間で、互いに極道してからというもの、認め合い、誰にも恥じぬ男になろうと誓い合った仲だった。業界入りこそこちらがわずかに先だったが、武志にとってはいわば親友に近い存在なのだ。

武志は緒川という男が好きだった。

緒川はこのつい五ヶ月前、武志が拘置所にいたときに面会にも来てくれていた。

当時の緒川は明石組の二次団体の幹部で、二十三歳でもう〈緒川興業〉として組も持っていた。最後に面会に来てくれたときも、緒川は粋《いき》だった。

「先輩、わしも後から行きまっさ。いつかお互い本家の執行部で会いましょう。いつまでも俺の尊敬できる先輩でいておくんなはれや」

そう言って緒川は微笑んだ。その後、面会を終えて房に帰った武志は、担当を通じて、緒川から十万円もの差し入れがあったことを知らされたのだった。

のちに、武志はこのときのことをしみじみと語っている。


びっくりしましたわ。当時二十二、三歳で、よく差し入れしても三から五万でいいところ、こっちは枝の若頭代行やったけど、彼はもう組長でもあったんやね。言うこともやることも男を感じましたわ。


武志が新聞記事で緒川の名を見掛けてから暫《しばら》くして、緒川はその後、波山組との戦争で相手組織の幹部を襲撃して逮捕されたと聞いた。そしてそのとき、武志は思ったのだ。

「ええ仕事しよった。俺も、後からきっと花火上げてみせるからな」と。

それが……。

全ては順調だったのだ。仮釈放の話も具体的に始まり、緒川に顔向けできる日も近い、妻や娘と一緒に過ごせる日も近いと、胸を高鳴らせていたのだ。しかし、そこに気の緩みが生じてしまったのだろう。工場での揉め事から革ワッパを嵌められ、今や懲罰の日々だった。

結局、武志はその後、十四日間の懲罰予定だったところを免罰によって十二日間で平時の刑務所暮らしに戻ることができた。

しかし、当然仮釈放の件は白紙。それにより、本来の制限年齢である二十六歳を過ぎても比較的扱いの穏やかな少年刑務所で過ごし続けられる、という目もなくなってしまった。ついでに、等級に関しても降格処分という始末だ。

早くここから出て、組に貢献したい。そればかりを願ううちに時は過ぎ、結局武志は二十六歳になるのを機に、神戸の成人刑務所へ送られると決まった。

移送される前夜、武志は独居房の布団の中で、ここで過ごした日々を振り返っていた。

実質二年そこらの期間、シャバにいたとしたら、あっという間に感じられただろう。だが、改めて思い返すとこの姫路少刑で過ごした時間は、とんでもなく膨大なものだったように感じられた。目まぐるしいほど、多くの出会いと別れを体験した。

そんな中でも、武志が殊更に親しみを抱いた者が一人、存在していた。

「桑村……今頃あいつ、元気してるんやろか……」

彼と仲よくなったのはいつ頃のことだっただろうか。武志は思いを巡らせた。

同じ房になり出会った時点で、入所から半年は経っていた。

自分はもう三級に上がって工場出役《しゅつえき》をするようになっていて――

4　桑村と過ごした苦境

武志が降りた工場は、第一工場だった。姫路には当時、一工場から五工場まであり、その他にも営繕《えいぜん》、炊場《すいじょう》、図書等があり、約三百人近い収容者たちが働いていた。

その全員が毎朝六時に起床。その後、暑い日も寒い日も工場入りする前に、塀に沿ってマラソンをしなければならなかった。冬は霜焼けが耳にも足にもできた。刑務所の外には、名古山《なごやま》霊苑が見えていた。

同房の桑村は、当時二十三歳。なかなか賢く気が利く男で、武志はよく彼と話をしていた。だがあるとき、なぜかその桑村が囚人たちから標的にされるようになった。

のちにわかったことだが、その首謀者とも言うべき存在は同じ房にいた一人の男だった。向田《むこうだ》という〈事故落ち者〉だ。つまり、他の工場で何か問題を起こして異動になってきたということ――聞けば、向田は十八歳のときからこの姫路に七年間もいるという、古参の懲役囚だった。

初めて武志の房に移ってきたときには皆と仲よくしていたのだが、桑村のちょっとした何かが鼻についたのだろう。向田は裏で密かに、桑村に敵意を向けるようになった。

向田のやり方は汚かった。桑村に関してあることないこと言いふらし、周りの人間を焚きつけて味方にし……。その人数は見る間に十人、十五人、そして二十人と膨らんだ。それだけの人数が、寄ってたかってたった一人をいびるのだ。桑村ただ一人を。

それはまるっきり、いじめの様相だった。

初めのうちは桑村自身も自分のことを言われているのか半信半疑だったようだが、やり口は次第にあからさまになっていった。向田に焚きつけられた奴らが、皆で口を揃えて陰湿な罵声を投げつける。石を投げつけられた障子もかくや、桑村の心は見るからにずたずたにされていった。

武志は、当初はみんながなんのことを言っているのか、よくわからなかった。ただ、雰囲気が悪いとは感じていた。これは集団いじめだ、と確信するに至ったのは四、五日が経つ頃になってようやくのことだった。

桑村も武志と同じく、仮釈放を目指して日々真面目に過ごしてきた〈仮釈組〉。揉め事にはなるまいと我慢を続けている様子だったが、次第に限界に近づいていたらしい。

ある夜の就寝時間のこと、布団に入ったままでふと横を見た武志は、思わず息を呑んだ。隣で眠っているとばかり思っていた桑村が、ただ無言で天井をじっと見つめていた。その表情は「辛《つら》い」などという言葉で表現できるものではなかった。

涙こそ流れていない。だが、それを堪えているがゆえにか、泣き顔などとは比べものにならないほどの苦しみが、その顔から隠しようもなく溢れ出していた。

武志は声を——掛けられなかった。

胸が締めつけられるように痛んだ。そして、自分の腹の奥が沸々《ふつふつ》となるのを感じた。

——許せん。

夜闇に包まれた静寂の房の中、武志は激しい憤《いきどお》りに震えた。

一人の人間を寄ってたかって……なんて卑怯なんや、なんて畜生《ちくしょう》どもや。

武志はキッと口を引き結び、そして、開いた。

「どんなことがあっても、俺が守ったる」

桑村の目を見て、はっきりと言った。

そのとき、武志は腹を括った。

これまでは、工場や少刑内で揉め事があっても関わらないように努めてきた。腹が立ちこそすれ、やられとるのは知らん奴やし話したこともないしと、懸命に目を逸らしてきた。だが、今回は違う。もう我慢ならん。そう思った。

早く帰ると言ったのに申し訳ない――心の中で、そう家族に詫びた。

しかし、これは己自身が生きていくうえで、見過ごすわけにはいかないことなのだ。

――目の前で倒れかけている友を助けられへんのやったら、男を辞めなあかんわ。

わかってくれとは言わん、堪忍や。

そう心で呟いていた。


翌日、武志はいじめの主犯者である向田と対峙した。

「何かおかしないか」

武志の言葉を受けて、向田は言い返した。

「なんや北やん、こいつの肩持つんかいな」

そこで言い合いになった。

そして、最後に向田は言った。

「北やんはわしら敵に回してもいいということやな」

武志は言った。

「どんなことがあってもわしが桑っちゃんを守るし、それで敵と思われても、堂々と受けて立つがな」――と。

それからというもの、毎日毎日、武志の一日は長かった。

同じ工場で働いている四十人近くの、およそ八割方が皆、武志と一触即発の空気だった。

事の発端は無論、桑村のことだ。いじめの親玉が桑村に嫌味を言い、嫌がらせをした。

だが今や、武志も標的の一人として、周りから睨まれるようになっていたのだ。

武志も「来るなら来い。黙ってはやられへんぞ」と思っていた。

木工の訓練生だった武志はいつも、ツナギ服の後ろポケットに釘抜きを入れていた。

気の休まるときはなく、日が暮れるまでの時間は気が遠くなるような長さだった。

こんな日がいつまで続くのか。

そう焦れる気持ちはあった。だが、武志は決して一歩も引くつもりはなかった。

決戦はいつ訪れるのか。今日か、今この瞬間か。

違うのなら明日か、それとも明後日か。

延々とそんな思考を巡らす日々が続くうちに、二週間、そして三週間が過ぎた。

そんなときだった。

久しく向かい合うことのなかった向田が、武志の元にやってきて口を開いた。

「北やん、わしら北やんと揉めたないんや」

――それはあっけない幕切れだった。

向田からのその言葉をもって、直接的に衝突することはなくなった。それどころか、ほんの数日後、向田の姿は工場から消えた。太鼓持ちだった男と二人、問題を起こして他の工場へ飛ばされたのだ。元々彼らは、行く先々の工場で問題を起こしては別の場に異動させられる、ということを繰り返していた。

所属する工場が別になり房も別々になると、もう武志たちが彼らの姿を目にすることはなくなった。いじめの主犯格らがいなくなったことで、事態は急速に収束していった。

皆、これまでなぜ桑村のことをそこまで責め立てていたのか不思議がるような有様で、悪夢が覚めるように平穏な日常が返ってきた。

一対三十の喧嘩の気持ちだった武志からしたら、肩透かしを食ったようで消化不良な感じもしたが、笑顔で過ごす桑村の姿を見るにつけ、そんなモヤモヤも次第に払拭されていったのだった。

5　神戸刑務所からの旅立ち

桑村との出来事を想起した夜が明け、武志は成人刑務所である神戸に送られていった。扱いが厳しくなるのは承知のうえだったが、それでも武志は「一回の懲役で二つの刑務所を知れるんは、いい経験や」とポジティブに考えていた。

そして、神戸刑務所に来て半年が過ぎ――時が経つのは早いもので、武志は仮面接、本面接と着々と進んでいき、いよいよ出所の日が目前に迫ってきていた。

拘置所と姫路少刑にいた期間と合わせると、もうかれこれ二年半になる。

出所まで、あと四日。武志は通例通り、世話になった工場の皆に挨拶を済ませて工場から降り、従来とは別の房に引っ込むこととなった。

そこであと三日、あと二日と指折り数え、ついに出所前日を迎えた。

出所するときほど嬉しいことはない……と思っていたのだが、そのときの武志の気持ちは、期待していたものとは何かが違っていた。

嬉しいのは嬉しいが、自分が思っていた気持ちと違う。

虫の知らせなのか。

帰る準備はできているのに、なぜか心が躍《おど》らない。その理由は自分でも定《さだ》かではなかった。

刑務所で入る最後の風呂は、気持ちがよかった。いつも時間に追われて入る風呂だったが、このときばかりは心持ちゆえか、ややゆっくりと入れた感じがした。

——いよいよ明日だ。

武志は湯船に浸かりながら、これからのことに思いを馳せた。

まずは、また組で頑張って男を上げる。

家も、今よりも大事にする。

あとは、何しろ娘たちに会いたい。

そうだ。ようやっと夕愛と桜多に会えるのだ。

保育園に直接迎えに行って、びっくりさせてやりたい。

自分がいなくなってから上の娘がよく「パパー」と団地のベランダで外に向かって叫んでいると、面会で妻から聞いていた。健気な話だ。姿を想像すると、こちらも寂しい気持ちになったものだった。

それでもこの二年半、娘とは一度も会わなかった。会おうと思えば、面会に連れてきてもらうこともできた。しかし、武志は連れてこなくていいと言っていた。

まだ二、三歳とはいえ、面会に連れてくれば網越しでの自分の姿が、必ず娘の記憶に残る。そんな姿を見せたくはなかったのだ。

そうこう考えるうち——ついに迎えた出所当日の朝。

武志は目が覚めた瞬間、「うん」と一つ頷いた。今日が新たな門出《かどで》だ。そう自分に言って聞かせ、静かに気合いを入れた。

布団を畳み身支度《みじたく》を済ませ、時間が来るのを待つ。担当に連れられて房を出る。妻の幹代が、迎えに来てくれていた。幹代と共に、並んで神戸刑務所の門をくぐる。塀の外へ出て歩きながら、武志は「長い間ありがとうなぁ」と感謝の気持ちを伝えた。幹代は「池田のおやっさんも、皆も来てくれてるよ」と言い、武志は頷く。

角を曲がると、そこには池田の組長を始め、兄弟分や組の者たちが待っていた。

武志は組長の元に小走りで向かった。

「おやっさん、長い間ご迷惑をお掛けしました」

そう第一声を口にして、頭を下げる。親分も「ご苦労さんやったなぁ」と労《ねぎら》ってくれた。

ガキの頃からの兄弟分、村下秀治《しゅうじ》と中村智明《ともあき》にも礼を言った。そこで周りの若者が口を開く。

「代行。他にも代行に中で世話になった人間が七、八人、来てました」

誰が来てんねんやろう、と武志が思うと同時に、道の陰から数人が姿を見せた。神戸で自分より先に出所していった者や、姫路で一緒だった者たちだった。どこで今日のこの日を聞きつけたのか、わざわざ駆けつけてくれたらしい。

「おまえは……」

武志はその中にひと際懐かしい顔を認め、思わず近寄った。それは、中でも苦しい時間を共に過ごした、あの桑村だった。いつか暗闇で天井を見つめていた危うい表情は見る影もなく、今は人間らしい自然な笑顔を浮かべている。

「兄貴、お務め御苦労様でした。中で世話になりました」

彼が口にしたのはほとんどその二言だけだった。けれど、地元の愛知からわざわざこの日のために駆けつけてくれたらしい。あのとき自分が庇《かば》った男が、気持ち一つで迎えに来てくれているということが、武志は嬉しかった。

武志は込み上げてくるものを胸に飲み込み、快晴の空を見上げた。

——よし、新しい門出や。

心で呟きながら、武志は刑務所を振り返らぬよう、皆と一緒にその場を後にした。

今、武志の新たな時代が始まろうとしていた。

しかし、それは平和とは程遠い困難の連続なのだった。

6　塀の外の「青天《せいてん》の霹靂《へきれき》」

武志には、出所する何ヶ月も前から決めていたことがあった。

それは、娘を保育園に迎えに行くことだ。入所前にはまずそんなことはしなかった。だが、娘には長い間父親の顔も見れず寂しい思いをさせてしまったに違いない。何より自分自身、娘に早く会いたいという思いが募《つの》りに募っていた。

妻の幹代にも、帰ってきた日は必ず俺が迎えに行くからな、と言ってあった。

夕愛はどれだけびっくりしてくれるだろう、どれだけ喜んでくれるだろう。

下の桜多は小さすぎてまだ当然わからないだろうが、夕愛は「パパーパパー！」と日々叫んでいると、いつも面会で聞かされていた。その夕愛にもうすぐ再会できる。考えると、一人保育園へと向かう足の運びも自然と速くなった。

会ったら、いの一番に抱っこしてやろう。

——だが、眩しい光景を描いていたのも束の間のことだった。

保育園に着き、園内ではしゃぎまわっている夕愛を見つけた武志は、娘に近づいていきそのまま抱っこした。逮捕される前と同様に満面の笑顔で「パパ帰ってきたぞ」と顔を近づけた。

途端、娘がギャーと泣き出し、「こわいこのおっちゃん」とすかさず言った。

武志は呆気にとられ、思いもせぬ状況に顔を引き攣《つ》らせてしまった。

しばらく呆然とした後、無理もないか、と納得せざるを得なかった。

「映画のようにうまいこといかんわぁ」

そんな一言が、溜息とともに口から零《こぼ》れた。

この夜は、兄弟分の村下秀治が激励《げきれい》会と称して、一席を設けてくれた。

「組の祝いは明日する。今日はゆっくりせえ」

親分がそう言ってくれたので、武志は心置きなく参加することができた。

激励会には、少刑のときの迎え組七、八人も参加してくれていた。皆懐かしい顔ぶれだった。武志はのちに、なぜあのとき写真を撮らなかったんだろう、と惜しむ気持ちになる。それほどに、懇意の者たちが勢揃いの楽しい酒席だった。

激励会の食卓には、眩しいばかりに選《よ》り取り見取りの料理が並んでいた。

刑務所にいたときは、あれも食べたいこれも食べたいとテレビで食の番組ばかりを見ていたものだったが、いざ出所すると気持ちが高ぶっていて皆目《かいもく》物が喉を通らず、飲み物以外は入らない有様だった。

食事の後は、女性のいる店にも何軒か赴いた。自宅に帰る頃には午前二時を過ぎていたように思う。玄関を開けて居間に入ると、そこには妻の幹代だけだった。娘たちは同じ市営住宅内の別階に住む武志の母のところに預けていたのだ。

そのことを話した幹代の雰囲気は、普段と何かが違った。

武志は疑問に思いながら、それとなく妻との会話を始めた。やがて彼女の言葉の中にピンとくるものを見つけた武志は、違和感の正体を問いただした。すると彼女の口から「実は」という言葉が発せられる。幹代は自ら、夜働いていたことを打ち明けた。

武志は懲役に行く前、夜だけは絶対に働かないようにと、何度も幹代に言い聞かせていた。組の先輩連中から、よく聞かされていたのだ、「夜の仕事行ったら、ろくなことない」と。

確かに、それは勝手な男の都合かもしれない。だが、懲役に務めているときに余計な心配や勘繰《かんぐ》りはしたくない。大概《たいがい》の男はそう思うだろう。ろくなことと言うが、男にとっていいことがないという都合のいい話である。

武志は約束を破られた腹立たしさを抑えながら、幹代の話の続きを聞いた。

幹代が働きに出た夜の店というのは、武志も知らぬ店ではなかった。「23」と書いてそのまま「ニジュウサン」と読むそこはスナックとラウンジの間くらいの店で、武志が務めに入る前に、一度だけ幹代を連れて行ったことがある。武志自身、そこのママとは十七歳のときからの知り合いで仲がよかった。幹代がそこのママの話をし出したため、ピンときたのだ。

そして案の定、幹代はママの下で働いていた。そこからはもう喧嘩だった。

懲役からやっと帰ってきたというのに、娘のことといい妻の夜働きといい、落ち着く間もなく訪れる悲しい出来事に、武志は自分の運命を呪った。

武志が怒鳴り出してすぐ、幹代は行動に出た。武志の住居は市営住宅の三階で、娘を預けている母親の家は五階にある。幹代はすかさず母親のところに行き娘たちを抱きかかえると、自らの実家に帰っていった。

真夜中の自宅はつい先程までの騒ぎが嘘だったかのように、一瞬にして静けさの中に沈んだ。武志の胸には怒りよりも何よりも、寂しさだけが残った。結局、娘とのコミュニケーションさえまだとれていなかったのだ。

寝ずのまま、あくる日を迎えた。

懲役の最中に見たいと思っていたビデオや食べたかったものを、レンタルしたり買ってきたりとするのだが、気持ちがろくろく落ち着かず、見られない食べられない状態だった。

その夜は、池田の親分が昨日の言葉通り激励会を開いてくれた。参加者は二十人ほどのささやかな会だったが、親分が「今はこんなことしかできへんけど、辛抱してくれよ」と言って労《ろう》を労ってくれた。武志は素直に喜んだ。カンパ金も二百万以上集まった。

夜も更け部屋に帰ってじいっとしていると、昔、長女の夕愛とこの部屋で戯《たわむ》れて遊んだ記憶が蘇《よみがえ》ってくる。

「このままこの部屋にはおれん」

――前向いて生きるのに不器用な俺にとって、いい思い出も悪い思い出も消そう。

そう思い、武志はその日から実の兄である上松茂《うえまつしげる》の家に厄介になった。兄の茂は武志のことを一番よく理解してくれた男だった。武志にとって父の忠夫《ただお》と茂が、一番の味方だった。

特に、小さい頃から根性を叩き込まれたのは、父の忠夫の存在があったからこそだ。その父が、武志が二十歳の頃に負債《ふさい》を抱え、会社を立て直すのに幹代の父から借金をしたことがあった。あの借金もまだ残ったままだろう――と思った。

数日後、兄の元で徐々に落ち着きを取り戻し始めた武志は、喧嘩別れしたままの状態になっている妻側の人々と話し合いを持つようになっていた。しかし、男として引け目を感じたまま顔を見せることはできないと思い、直接会う日に父の借金を返済すると決めていた。

数日の間、兄嫁は気持ちよく武志を労ってくれた。池田の親父にも「四、五日ゆっくりせえ」と激励会の後に言われていたが、なにせやることもなく、武志がすることといえば翌日から組事務所に行くことだけだった。

　武志は、元より自分の人生が組とともにあると思っていた。何よりも、組を大きくすることが武志の目標だった。

　だが、懲役に行く前に十四人ほどいた池田興業の組員は、帰ってきたときには半分になっていた。武志が支えると決めた池田の親分は、不器用な男だった。けれどどこぞ憎めなく、その不器用なところが好きだった。そして、親分のいつもの口癖が――

「北村、おまえが何かあったらわしは絶対ほっとけへんからな」

　池田の親分は、ことあるごとに言っていた。

　ただ、怒るときには一日掛かりで怒る癖もある。皆これには参ってしまう。武志も若いときはそうだった。

　あるとき、武志の兄弟分が急にいなくなる、という出来事があった。親分は武志が逃がしたと思ったらしく、厳しく疑われた。

　武志にとって勇二《ゆうじ》は、いい兄弟分だった。男らしく、地元の兄弟分以外で初めて兄弟と思えた人間だ。ただ、女ができると女に弱い。カタギになって、と女から言われたら、女のためにカタギになろうとする男だった。武志には、なぜそんなことをするのか、とんとわからなかった。

　実は、勇二は飛ぶ予告を、武志にだけは事前にしていた。そのとき彼は行き先まで伝えようとしてきたが、武志はそれを慌てて遮《さえぎ》った。

「聞いたら本当に兄弟を追いかけることになるかもわからんから、俺は聞けん。俺はこれからもヤクザをしたいから」

行き先を聞いてしまえば、ヤクザをしている以上、探してケジメをつけなければならなくなる。だから聞きたくなかったのだ。

——武志は、内々の人間が出ていったとき飛んだときは、必ずケジメを取らせている。例外は、後にも先にもこの勇二の件だけだった。

以前、勇二が出所した頃のこと。どうしても外せない武志の義理のために、勇二がなけなしの数十万を貸してくれたことがあった。

「兄弟、これ使ってや」

勇二のその厚意はありがたかったし、何より男らしかった。

勇二は金儲けが下手《へた》だった。しかし武志は、そんな彼のキップリとした男気が好きだった。

当時借りた金は一週間で返済したものの、その一件はずっと忘れられなかった。初めのうちは感謝の気持ちだけだった。だが後から、自分自身に引け目を感じるようにもなった。

武志は思った。

「組内では『なぁなぁ』になったらあかんのや。どの道、辛い思いをするのであれば、いい意味で『腹を見せたらあかん』のや」

人として極道として、そう感じた武志——二十三歳の入所前のことだった。

他方、そんな武志を日々力強く見守ってくれていた池田の親父だが、勇二を逃がした嫌疑を掛けられたときの追及は厳しかった。親父自身が連日ずぅっと取り調べをして、勇二の行き先や彼の実家がある因島《いんのしま》のことを聞いてくるのだ。けれど、武志は本当に知らない。

「そこまで疑うなら、俺をどついてください。お願いします」

五日目ともなると本当に精神的に参ってしまい、頭がおかしくなってきていた。ところが、武志が発したその一言で、親父もついに追及をやめたのだった。

池田の親父は本当に不器用だった。金儲けも下手だった。けれど、人間の優しさがあった。

昭和の終わり頃、まだ明一《めいいち》抗争——明石組と一広《いちひろ》会の戦いがあったときもそうだ。組員たちは急事を警戒して、夜通し親分宅で外部モニターの画面を見張っていた。次の当番の者と交代した武志が寝ていると、親父はすっと毛布を掛けてくれたり、こそっと起こしてくれて「飯食え」と言ってくれたりした。

当時二十歳そこそこで、自分では何もできないような若造だった武志には、そんなちょっとしたことが非常に嬉しかった。

7　動き出した出所後の時間

兄の家で数日間を過ごし、池田の親父のことや様々なことに思いを巡らせた武志は、その後、いざ妻の父親と対面する場に臨んだ。

顔を合わせるのは二年八ヶ月ぶりであったが、幹代の父親は会うなり速攻とばかりに、表情険しく言い放った。

「あんたんとこの組は、組のために懲役に行っても残された者になんもしてくれへんのか」

これには、ぐうの音も出なかった。

数秒の沈黙の後、武志は持参した封筒を差し出した。

「これ、今までうちの親父が借りてた分、預かってきました。お義父《とう》さん、長い間ありがとうございました」

少しかもしれないが二十万ほど多めに入れて、百五十万を返済した。

そして、もう話が決まっていたかのように幹代と離婚することになったのだが、それはもはや言うまでもないことだろう。

のちに――幹代とは三年後に、静かに言葉を交わすことになる。

幹代は言った。

「私に会ってくれたということは、許してくれたと思ってる」

それから涙を流して「ごめんな。ありがとう」と言ったことで、武志は初めて頷いた。

これで忘れようと思った。娘たちのこともある。約束を破ったことや一方的だった離婚に至るあれこれも、それで全部水に流した。

俺が出所するあのとき、幹代はもう別れると腹括ってたんでしょうな。人間、心に決めとかな、とてもあの行動はできないですわ。

令和の現在、武志には幹代に感謝していることがある。

それは、娘たちには武志の悪口を何一つ言わず、武志のよさだけを伝えてくれていたことだ。おかげで、今でも娘たちは武志を慕ってくれている。

——こうして、妻とも娘たちとも別れ、武志は独りの身となった。

けれど、武志には支えとなってくれる協力者が、三人いた。

一人は、実兄の上松茂。二人目は、家元《いえもと》のおっちゃん。三人目が、「23」の柳井《やない》ママだ。

出所してからの約三年間、この三人は大変力になってくれた。

兄の茂は武志のよき理解者であり、できる限りのことをしてくれた。

家元のおっちゃんは、武志が二十歳のとき——吹田《すいた》警察に留置されていたときに、一緒の房で知り合った人物だ。当時五十八歳で、家元富三《とみぞう》という。六億円の詐欺で留置されていた。

そして柳井ママは、武志が十七歳のときからの間柄であった。

のちに落ち着いて思い返せば、この三人は合わせて三年間で、億以上の金を用立ててくれていただろう。武志はその金を使い、まず必要なものを集めた。その中には、もちろん武器の類《たぐ》いも含まれていた。

ヤクザに喧嘩はつきもの。この喧嘩で男を売ってのし上がっていくと、武志は決めていた。

ガキの頃から喧嘩には何度も負けた。けれど何度でも向かっていく。それが武志の常套手《じょうとう》段だ。闘って負けたら次は後から再戦、それでも負けたら武器を持ち、まだ負けたら寝込みを襲う。勝つまで終われない――武志は本気でそう考えていた。

だが三回ほど、本当に負け続けたことがあった。勝つまでに四、五ヶ月が掛かった。普通なら初めに負けても二、三回再戦すればいけるものだが、さすがに負けたら次に腹を決めるまで二ヶ月はかかる。なかなか漫画のようにすぐ再戦とはいかないものだった。

晴れて武器の調達も終えた武志は、出所直後のごたごたからは一転して、本格的な極道の日々に舞い戻ることとなった。

組の幹部である者に何かあれば、率先して打って出ていった。武志のいる池田興業は小さな組織で、当時、明石組最武闘派と言われた上山組《かみやま》――その八十八人の直系組長の中でも序列が七十五番目であった。しかし、武志はとにかく、池田の親父に男になってほしかった。

だから、これからは前へ進んで絶対に引いたらあかん、と思っていた。そして、ついてくる舎弟らにも決して芋引かしたらあかん、と。

〈芋を引く〉とは、怖気づいて尻込みしたり、及び腰になることを言う。

とにかく「自分に何かあったら兄貴が何とかしてくれる」と思わせて、前へ進むことだけを教えた。武志は当時を振り返りながら語っている。

あのときは、とりあえず行け、やね。あとのことは俺がケツ拭いたる。それで無理やったら、行く道行って破門でも絶縁でもなったらええやないか、と。


揉め事はあっという間に始まる。

当時、神戸刑務所で一緒だった男が武志に車を売る約束をしていた。ところが、一回目の期日、二回目の期日、と過ぎても一向に件《くだん》の車を持ってこない。武志は激怒して最後の日にちを指定し、約束させた。中坪《なかつぼ》という名のその男は、力石《りきいし》会元林《もとばやし》組の若衆だった。

やがて約束の日が来たが、武志はまたすっぽかされた。

「俺に喧嘩売っとる。こいつだけは許されへん」

武志は、相手の事務所に乗り込んで話をすることにした。

中坪本人と連絡が取れないのが、まず問題だ。普通、いきなり事務所に行くのは相手方にも失礼だが、本人と連絡が取れないのだから、ここは筋を通して話をするしかあるまい。武志はそう考えた。

お互い組の代紋《だいもん》を名乗って飯を食っているにもかかわらず、三度も約束を破られたのだ。ならば行く道を行くだけだ。それで相手が居直ったなら、殺《や》るしかない。

――芋は引けん。

当時の武志の側には、佐藤享一《きょういち》、山本克也《かつや》、それに弟分の木元直がいた。

武志はその三人に命令を下した。

「俺は筋を通しに行くだけや。でも相手が居直ったら……。俺が大きい声を出したら、相手の足でも手でも撃ってまえ」

腹は括った。武志は舎弟たちと共に車に乗り込み、力石会の元林組へと向かった。

道中、昼に差し掛かったので、舎弟連中も腹が減ってはと思い、「腹減ってるのと違うか。おまえら飯食ってこい」と言った。武志は車中で休憩し、他三名はうどん屋に入った。

後々聞いたところによると、三人が三人共うどんを食いながら「これが最後のシャバの飯になりそうや」と話していたそうだ。うどんの味がしなかったとも笑い話で聞かせてくれた。

かくして、武志たち四人は元林組に着いた。

元林組はマンションの一室にあった。

「ええな、さっき言うたように、俺が大きな声を上げたら相手の手でも足でも撃ってまえ」

武志は舎弟らに念を押した。武志も自分の運を信じている。そこまでの大事にはならないと踏んではいたが、それ以上に武志は思っていた。

芋は引かれへん。この先、芋引いたらついてくるもんもついてはきいひん。それを舎弟たちに肌で覚えさせ、成長させたかった。第一、今回の一件での筋はこっちにあるのだ。

山本克也を車で待たせ佐藤と木元直を従えた武志は、臍《ほぞ》を固めて事務所のインターホンを鳴らした。ピンポーンという音の後、少ししてからスピーカー越しに応答がある。

「どなたさんでっか？」

「私、上山組池田興業の北村と申します。そちらに中坪さんいてはりますか？」

「ちょっと待っとくんなはれ」

そう相手が応じて、ほどなくドアが開いた。

室内には幹部らしい人間と若い衆が一人いた。

武志が言う。

「中坪さんが連絡取れませんので、申し訳おまへんが、事務所まで来さしてもらいました」

まだ向こうはこちらが筋を通して中坪を攻めにきているとは知らないので、丁重な扱いだった。幹部らしい人間は「中坪、連絡取れへんのか。すぐ取ったりや」と若い衆に言った。そこで若いのが電話を掛けるとすぐに中坪と連絡が取れ、武志は通話を代わってもらった。

「中坪さんでっか？　お宅、何回わしに下手打たしてまんねん。何回約束破りまんねん！　こんな何回も下手打たされたら、わしに喧嘩売ってんのと一緒でっせ」

武志が言った途端、その場にいた元林組二人の顔色が変わった。それを事前に意図していた武志は受話器をそのままにして、幹部の人間に事の次第を静かに伝える。

「二ヶ月前から車を売ってもらう約束をして、少ないですが手付《てつけ》を払って、しましてん。せやけど一回目の約束の日が来ても持ってこず二回目も持ってこず、挙句に連絡が取れない状況でして。わしも一週間待ちましたが痺《しび》れを切らして、最後にここに来たら連絡取れるやろうと思い、来させてもらったわけです。後先の事情になりましたが、自分の判断でさせてもらいました」

本来なら、こういうことは事務所に行って事情を説明してから連絡を取ってもらうのが筋だが、組によっては逃がす組もあると思い、万が一に備えてこの判断をした。もし逃がす組であったなら、武志も後には引けない。そのときは本当に、音を鳴らしてまわなあかんと判断するしかない。音——つまり銃声をだ。

だが、あくまでも武志は自分対中坪で終わらせたかった。

事情を聞いた幹部の人間は、武志と電話を代わった。

「中坪か？　今の話はほんまか？　おまえ、男やったら逃げんな。ちゃんと話をせえ。連絡取れんなんて不細工なことすな。ええな、後から自分で電話入れてちゃんと話するんやぞ」

中坪にそう伝えると、幹部の人間は受話器を置いた。

「北村さん、今聞いた通り、後から必ずわしが責任もって連絡させまっさかい。それでよろしいでっか」

「兄貴分さんがそこまで言わはるなら」

武志は相手の言葉にそう応じ、その名前を確認した。

元林組の舎弟だった。中坪からすると伯父貴筋にあたる人間だ。その人は「わしも中坪が連絡取れないから、ただ心配や遊びに来たとてっきり思ってました。こんな事情なら……」と、申し訳なく話してくれた。

武志の作戦勝ちだった。

武志は周りからはよく「イケイケ」の人間だと言われていたが、実際のところ行き当たりばったりで行動することはほとんどない。いつも自分なりに考えながら攻めていた。

武志はそうして相手方の事務所を出た。佐藤享一と木元直と共に、万が一、事が起きて音を鳴らしたらすぐ逃走できるようにと車で待たせておいた山本克也のところに戻る。一件落着してほっとしている様子の舎弟連中に、武志は改めて言った。

「ほっとするのも束の間や。これからもっとこんなことがあるぞ。だから気を抜くな。そして、今日の腹を括ったこと、この感触を覚えとけよ」

だが一番ほっとしていたのは、ひょっとすると武志かもしれなかった。

まだこの中坪の件も終わったわけではないし、後から何があるかわからない。ただ――

「芋引いたらあかん。行く道行かな！」

そう胸に思う、二十七歳になったばかりの武志だった。

その後、結局中坪は連絡が取れなくなり、武志はケジメとして中坪を破門に追い込んだ。

この年の武志は揉め事が多かった。自分が発端ではないが、誰かが揉めたときには必ず先頭に立って話をつけるようにしたのだ。

武志はいつでも揉め事のケジメとして、金ではなく「指、出しなはれ」と攻めた。金なんかよりも、それが勝った印《しるし》なのだと考えていたのである。

武志が懲役から帰ってきたときの池田興業には組員が七人しかいなかったが、そうこうするうちに、武志を頼ってきた姫路少年刑務所を出た者や地元の者が加わって、今や十五人ほどの所帯になっていた。

――武志はいつも思っていた。

今の俺は金儲けより、場数を踏んで男を磨く。それ以外、何も要らん。

若い者を食わすため、金儲けもせなあかんのはわかっている。

でも金は二の次や。

俺は男らしく生きる。男として生きていく。

そんなふうに、ずっと思っていた。

第二章　極道篇

1　極める道に入るまで

武志が生まれたところは大阪の東淀川区淡路《あわじ》という下町だった。

現在の淡路は整備され、昔の面影がなくなりかけるほどに変わってきている。昔に比べて町が発展し、住みやすくなったのは間違いないだろう。

そして、人も変わってきている。ややこしいのがいなくなりつつある。

だが武志が幼い頃でも、映画館が東映、東宝、松竹と三館あり、それなりに活気があった。

当時は月に二度、父の忠夫に任侠映画を観に連れていってもらっていた。

忠夫も男らしい男だった。

「人間、してもらった恩は忘れんな。そして、弱い者いじめは卑怯な奴がすることや」

武志は常にそう教えられて育った。父曰《いわ》く、何よりも義理と人情だった。

そのうえヤクザ映画の義理と人情を見せられたら、嫌でもその影響が出てくるというものだった。

武志の育ったところは、日ノ川という部落解散同盟の運動が盛んな町だった。

武志はそこで生まれ育ったことを誇りに思っているが、それは今でこそのことだった。一言で言えないが、いろんなことを頭と体で学んだからだ。

元々武志が、生まれたのは淡路だった。だがそこに住んでいた頃から、たびたび親父に連れられ日ノ川を訪れていた。日ノ川にはたくさんの身内がいたのだ。武志にとって日ノ川は、ガシャガシャしてる町、という印象だった。

武志が九歳だった日のあるとき、親父が出し抜けに、引っ越しをすると言い出した。話を聞くと、日ノ川に戻る、とのこと。

武志は嫌だった。友達とも離ればなれになるし学校も変わらないといけない。けれど、そう思ったところで父の意思は変わらない。結局小学校三年生の九月に、武志は九歳で北淡路小学校に転入した。学校に行くなり喧嘩を売られたりからかわれたりで、初日から嫌なことの連続だった。それは、今ならイジメと呼ばれるような具合だった。名前が武志だから「おいタワシ」と言われ、帰りも追いかけてきては皆でおちょくり、石を投げつけてくるのだ。

武志は、七、八人を相手に掛かっていった。相手が大きかろうが人数が多かろうが、とにかく一番言う奴に向かっていった。すると予想に反して、一ヶ月も経たないうちに皆と仲よくなることができた。それは、逃げるより向かっていくことが大切だと改めて感じるような経験だった。

皆で遊ぶ約束をしていたある休日、武志の家に友達と年上の子とが迎えに来た。

初めて会った年上の子は「今日は何して遊ぶ？」と言いいながら、そこらにいた犬を抱きあげると、市営住宅の五階から急に放り落とした。一瞬だった。武志は目を疑った。

なんちゅうことすんねん！

そう思ったが、相手は中学生だ。口に出すことはできなかった。相手は、犬を生き物とも思わないそんな行為を、明らかにおもしろがってやっていた。その事実に、武志は動揺を禁じ得なかった。瞼に焼けつくような光景だったが、それ以上思い出したくなかった。その後、武志は家にすぐ戻り、親父に「お父ちゃん、淡路に帰ろう」と何度も懇願した。しかし親父には「帰ろうっておまえ、ここがおまえの地元やんか。今回やっとこの地元、日ノ川に帰ってきたんや」と言われ、跳ね返されただけだった。

武志は曲がったことや卑怯なことが——そんな心が、嫌いだった。

「俺は、死んでもあんなことしない。絶対に」

そして武志は子どもながらにも精一杯理不尽《りふじん》と戦った。喧嘩もどれほどしたか。勝っても武志のほうが傷が多かったし、深かった。一年も経つと、同学年では誰も武志に喧嘩を売る者がいなくなった。それどころか、武志が一番強いと言われるようになった。

そして小学校五年生のとき、親父から名前を聞かされていた〈豊臣秀吉〉の本を読んで、武志は感銘を受けた。この人は百姓《ひゃくしょう》から身を起こし、天下を取ったのだ。

「俺は何ができるだろう」

武志は考えた。自分には優《すぐ》れたものは何もないが、喧嘩ならこの二年、山ほどしてきた。強くはないが根性は誰にも負けない。そこで漠然と「喧嘩で一番になったろう」と思った。大阪市の小学校を統一したろうと、子どもなりの野心を抱くようになったのだった。

まずはこの東淀川区をと思い、そのまま小中と成長していくほどに武志は、東淀川区は元より他の区、吹田、茨木《いばらき》、高槻までへと手を延ばしていった。

そして武志は十六歳になり、暴走族を作った。北大阪の、武志の学年のヤンキーは大概そこに名前を連ねた。その数、ざっと三百五十人ほどである。

しかし、武志たちは十六歳になったばかり。暴走族と言っても人間ばかりが集まり単車が七、八台で、暴走にもならなかった。そこで、一団はすぐに愚連《ぐれん》隊と化していった。組織の名は〈極楽浄土〉だった。

その翌年には五十人ほどで右翼団体〈大芙《おおみ》烈風会〉を結成し、ヤクザの真似事のようなことをし始めた。この烈風会は結果的に二年間で終わるのだが、大芙烈風会にも本部というものがあった。それは、当時大阪で一、二を争う勢力の〈憂心会《ゆうしんかい》〉だった。

憂心会には、烈風会が傘下になる際に骨を折ってくれた人物がいた。武志が親方と慕う藤本《ふじもと》のおっさんだ。当時、天下の明石組が分裂をした。憂心会は明石組から出た組。藤本さんは明石組に残った顔ぶれの一人で、武志は藤本さんに日頃ついていた。

烈風会の街頭宣伝運動は憂心会あってのものだったので、分裂を境に自然と消滅した。そして組織の運動もなくなり、武志たちは再び愚連隊と化していったのだった。

その後——武志が十九歳になったある日。

弟分の玄太《げんた》が血相を変えて「阪急の岡町で、後輩がガラ攫われた」と言ってきた。

事の次第を聞くと、岡町あたりの暴走族や愚連隊と揉めて大喧嘩し、初めはこちらのほうが優勢だったのだが、ピストル二発を撃たれて逃げ帰ってきた、という。気づいたら後輩がいなくなっており、そのまま身柄を押さえられているか、どこかに隠れているか、とのことだった。

「用意せえ、行くぞ！」

武志はすぐさま言い放った。家にある出刃包丁二本を取ってタオルで巻き、四人で車に乗り込んだ。そして一言「お前ら、俺に命預けろよ」とだけ告げた。

武志に言わせれば、後輩を残して逃げることはできん。何が何でも助けに行かんと、と思い、後輩がまだ相手方に捕まらず隠れてくれていることを願った。

岡町駅に着いた車で辺りを回っているとき、二、三人の不良らしき人影を見た。

「あいつらや！」

玄太が言い、武志は車から降りた。相手もこちらに気づき、互いに近づいた。

相手方は三人。こちらは玄太と豊に、アキラと武志の合わせて四人。

武志は「わしは淡路の北村じゃ」と言いながら出刃包丁を出して勢いよく向かっていった。

すると一人の相手が、こちらに向かい腰を落として構えた。

道具《チャカ》を向けてきおった、撃ってきよる！

咄嗟にそう思ったが、武志は相手めがけて駆ける足を止めなかった。一瞬目を瞑《つぶ》って南無三《なむさん》と願い、二十メートルの距離まで詰め寄る。相手方は頭上に向けて空砲を撃った。だが、武志がまだ向かってくるのを見ると相手は怯み、背中を向けて逃走した。

間一髪だった。一か八かの、紙一重の勝負だった。

ただ言えるのは、武志はいつも捨て身だったということだ。小柄な武志だが、気迫と根性だけは父親の忠夫譲りで、誰にも負けない。

その後、すぐに後輩も見つかって、無事連れて帰ることに成功した。幸い後輩も相手方に捕まってはいなかったのだ。

帰り道、武志はとりあえず安心して胸を撫でおろした。しかし、相手が自分たちとよく似た年格好なのに拳銃を持っていた、という事実には驚いた。岡町の不良はすごい、と思った。

——その翌日だった。

武志の部屋の電話が鳴った。受話器を取ると、ドスの利いた声で「明石組系黒川会池島組」と名乗られる。武志は「はい、はい」と言いながら一方的に話を聞いた。

要は、昨夜の喧嘩相手はヤクザだったのだ。弟分たちはヤクザと知らずに喧嘩をして、ピストルで撃たれて帰ってきて、武志に助けを乞うた、というわけだ。そして武志が、相手方が自分たちと一緒の不良だとばかり思い、相手方にやり返しにいった形だった。

武志はそこで事の重大さに気づき、全身に緊張が走った。

ほんまもんのヤクザに喧嘩を売っていたのだ。向こうの言い分は「本部にも言ってあるので、喧嘩したもの全員、指を詰めるように」という内容だった。はいそうですかと呑めるはずもない。しかしながら、相手の面子もある。とはいえ、武志たちはヤクザではない。不良ではあるが、カタギだ。そして、弟分を守る義務が武志にはあった。

武志は相手方に言い放った。

「自分らはヤクザじゃありません。でもそちらの組に迷惑を掛けたことには違いありません。謝りにも行きます。でもヤクザではないので指だけは、詰めることは、申し訳ありませんができません」

相手は「少し待て」と言った。受話器から相手方が誰かと話している声が聞こえる。
四、五分経っただろうか。相手が武志に言った。
「なんぼおまえらがカタギや言うても、うちの若い者と喧嘩したのは間違いない話や。うちもそのまま放っとくことはできへんから、喧嘩した者全員、頭丸めて謝りに明日こっちに来るように」

武志は了解の返事をした。相手には面子がある。単なる愚連隊である自分たちとは比べものにならないほど、立場というものがあるのだ。一筋縄ではいかないかもしれない。だが、仲間のためにも、明日は気張らなあかん。武志はこれまでのいつにも増して、そう覚悟を決めていた。

そして翌日。武志は仲間六人と共に頭を丸めて、指定された岡町の喫茶店を訪れた。そこには一目で組員とわかる男たちが十五人ほどいて、少ししてから組長も現れた。

武志が組長に、できる限り丁重に詫びを入れると、組長は二度とないよう釘を刺してきた。もし次があったときには容赦しない、と。その眼光の鋭さに武志は肝を冷やしたが、同時にその言葉は、今回は許すということでもあった。

武志は素直な返事をして、席を立った。そのとき、

「おい北村。おまえ、ええ根性しとんな。ヤクザになる気はないんか？」

どこまで本気かはわからないが、組長のそれは明らかにスカウトだった。

内心の驚きをおくびにも出さず、武志は組長のほうを見た。

「わし、ヤクザ嫌いですねん」

きっぱりと言い放ち、武志は頭を下げてその場を立ち去った。一度も振り向かなかったため、組長がどんな顔をしていたのかはわからない。思い通りにならず苛立っていたか、あるいは子どもじみていると呆れていたか。ただ、武志にとってはそれができる限りの、相手に対する反発だった。

「兄貴、あんなこと言うたから俺らヒヤヒヤしたわ」

帰り道で、弟分たちから口々にそう言われたが、武志自身はどこ吹く風。あれぐらい言ってやらんでどうする、という気持ちだった。

そんなことのあった十九歳の冬が過ぎ、その後、武志の状況も少しずつ変わっていった。

争い事がなくなり平凡な日々が続き、ふと何もすることがないという錯覚に捕らわれる。

そんなとき、十五歳の頃に五つ上の先輩から勧められた、「あるもの」の存在が脳裏をよぎった。

「これ打ったら強くなれるから、一回やってみるか」

当時先輩にそう勧められたのは、覚醒剤《シャブ》だった。

初めは先輩に言われるまま、軽い気持ちでやった。やった途端、身体が軽くなり、フワァッとなった。

先輩に「ボクシングみたいに手を振り、突いてみ」と言われ、シャドーボクシングみたいなことをしてみる。先輩は「どや、今までで一番速いスピードやろ」と言った。

武志は本当にそう思った。そのうえ、先輩が「今、誰にも喧嘩負けけん気持ちになったやろう」と続ける。それも、本当に武志は思った。

「この気持ちはなんやろう。雲の上を歩いてるみたいや」

「どや、髪の毛も逆立ってるやろう?」

先輩にそう聞かれれば、武志も髪の毛が逆立っているように思える。

武志はこれを機に当分の間、先輩のところに頻繁に出入りをするようになった。

そのときは、武志にとっては新しい遊びを覚えた程度の感覚に過ぎなかった。しかし、あれから四年近くも経った今、揉め事のない退屈な日々の中で、その遊びへの興味がまた湧き上がってきたのだった。

そして、武志はまた覚醒剤をやった。あくまで「遊び」の範疇で。

――まさかこのクスリの重たさや怖さが、今後の自分の人生を大きく狂わすことになるなどとは、このときはまだ夢にも思っていなかった。

けれど、褒められたことではない、というくらいには思っていた。格好よくはない、と。

十九歳の武志の周りには、ヤクザになったりその真似事をしたりといった同級生らが多くおり、武志はそんな彼らを目の当たりにして、自分も負けてられん、と感じていた。

武志は、もっと男らしくなりたかった。周りにいる彼ら以上の、強く揺らがない男に。

そこで武志は生来の負けず嫌いを発揮した。

自分もクスリから脱して男らしく生きたい。

そんな強い気持ちから、二十歳を迎えた武志は自ら池田興業の門を叩いたのだった。

2　関東抗争

これは、武志が極道になってから八年目のこと。

出所し離婚し、といった出来事から一年が経つ間に、いまや二十八歳の武志が若頭代行を務める池田興業の組員は順調に増え、二十人ほどの人数となっていた。

池田の属する本部である〈上山《かみやま》組〉では、ブロック制が敷かれている。何か事があればブロックごとに対処するのだ。ある日も、そのブロックから池田興業に通達が回ってきた。

——事の発端は北の大地であった。

関東のテキヤ最大組織である〈北東会〉系組長と上山組系の組員とが激突し、上山組系組員が北海道で刺殺される、という出来事が起こった。これを引き金に大規模な抗争が始まり、今や関東一円にその戦火が広がりつつあるのだった。

　通達の翌日に静岡県内で行われるブロック集会に出向くこと――通達の内容はそれだけだったが、武志にはそれで充分だった。自分が行くと決め、池田の親父に伝えた。

「よーし、やったる！」

　逸《はや》る気持ちを抑えもせず、武志は気合いを入れて段取りに掛かった。

　まず道具を現地まで持っていかなければならない。

　だが、抗争が始まったことはすでに日本全国に知れ渡っている。警察もアホではない。関東方面へ行くヤクザは皆、駅や新幹線の中で職務質問に掛けられる。新幹線に乗るとしても、武志一人で手ぶらで行く以外、やむを得ない状況だった。道具は疑いの目が向きにくい女性に持たせて車などの別口で運ばせるか、あるいは、舎弟に女と真面目そうなカップルを装わせて新幹線で運ばせるか、だった。

　道具の状態も気になった。武志が所有しているのはスミス&ウェッソンことSW三十八口径とベレッタ二十二である。これらは手に入れたときに試射したものの、約一年間そのままにしてあった。

「こういうときのために、半年に一回は検査しとかなあかんな」

　そう思いながら、武志は舎弟の木元直に命令した。「すぐに目立たんとこで弾出るか試してこい」と。

無事に不備がないことが確認できると、次は横浜が地元だという舎弟の石野明《いしのあきら》に声を掛けた。武志が姫路少年刑務所で出会い、出所後に池田興業に入った男だ。武志は彼に、口の固い女性を見つけてカップルのふりをし、車で静岡まで道具を運ぶよう段取りを指示した。

「よし、準備は整った。……下手は打てんぞ」

武志は元より自分自身が行くつもりだった。

自分で下手を打ったなら納得もいく。また、自分なりの責任も取らないといけない。

時々刻々と大阪出立のタイミングが近づく。そこらの者なら緊張で固くもなるところだったが、武志の場合は不安より武者震いが勝っていた。

「今回はええ仕事したる」

そう心に響かせて、武志は朝イチの新幹線に乗った。

東へと向かううちにも、上山組が行動を開始したという知らせが入った。関東方面ではもう音が何度も鳴っているという。北東会には死人と重傷者が一人ずつ出ていた。

「さすが上山組や。俺も遅れとったらあかん」

奮い立つ思いを胸に、武志は沼津駅へと降り立った。

早速ブロックで集まり、情報交換を行う。顔ぶれはそれぞれ枝組織の幹部連中ばかりだった。そこで武志は「北東梅井一家だけは避けるように」という伝達を受けた。梅井一家は「北東」と付いてこそいるが、北東会系列とは別ものなので間違えて狙わないように、と。そういった注意事項の伝達や、行動を共にするメンバーの組み合わせなどが決まり集会が終わると、皆はすぐに各方面の下見に取り掛かる。

行動は全て、二人一組のペアで行うことになっていた。武志の相手は三村《みむら》という男で、彼はすでにこの静岡で車を段取りしてくれていた。

武志たちに土地勘はない。まずは沼津から北に向かい、逃走経路も含めて何ヶ所か北東会系事務所を確認した。その間も次から次に進捗情報が入ってくる。上山組が攻撃に出て、各地でいくつもの音を鳴らしているとのことだった。

武志は焦り出した。

とにかく相手の身体に弾入れんと、親父に土産持って帰られへん。

そう思いながら石野明に連絡を入れ、どれくらいでこちらへ着くか尋ねた。石野は女の用意に手間取っていたらしい。だが結局これ以上は待てんと思い、車で一人沼津へ向かっている最中だった。もう近くには来ているという。

じきに陽が沈み始めた頃、武志と三村は石野と合流を果たし、無事に道具を受け取った。しかし時間がない。このまま夜になれば、視界が悪くなり、道も走りにくくなってしまう。行動の鈍化を危惧した武志は、三村に言った。

「三村さん、二人で勲章上げまへんか。他の者が次から次と返しに行ってるのに、わしらも出遅れるわけいきまへん」

「そらそうやなぁ、やったろう。わしが行きますわ。代行、運転頼んます」

三村は若頭代行である武志のことを、代行と呼称していた。

「いや三村さん、この辺の道、少しはわかると言うてましたやろ。だから運転お願いします」

「それやったら、行った中で一番走りやすいし逃げやすいと思ったところに行きまっせ」

三村は言い、武志は頷いた。

二十分ほどして現場に着くと、車に乗ったまま周囲をぐるりと一回りして、目標である事務所の手前で停車した。

事務所の中には人影が見えたように思えた。三村が「あの窓ガラス撃ったら、中の人間にちょっとでも掠《かす》ったらよろしいけどなぁ」と呟いた。

「よし、車を出してくんなはれ」

武志がそう言った矢先、古いクラウンが近づいてきて、すぐ横を通り過ぎた。クラウンはそのまま事務所の入り口べたべたに車をつける。武志は息を呑んだ。

クラウンの中の男は降りようとはしない。何者なのか、どういうつもりなのか。計りかねていると、事務所の玄関扉が開いた。出てきた事務所の人間に、車中の男が何かを手渡した。

それを見て、武志がすかさず言い放つ。

「今や、行きまひょ！」

言いながら、鼓動が高鳴った。言われた三村がクラウンのほうに向けて車を発進させる。とりあえず当ててまえと思い、武志も助手席の窓から身を乗り出した。西日が消えかけ辺りは暗がり始めている。早く撃たな！　――武志は拳銃の引き金を引いた。

パーンと乾いた銃声が谺《こだま》する。銃弾が例のクラウンに当たったのがわかった。車は混乱したようにそのまま急発進する。

あとは逃げるだけだ。武志が思ううちにも、三村がアクセルを踏み込んでいた。

武志も三村も興奮していた。

とりあえずやりました――武志は胸中で、親分に誇らしく語り掛けた。だがすぐさま我に返って「車、足つきまへんか」と三村に尋ねる。

「それは心配せんでよろしわ。ちゃんとこっちで処分しまっさかいに。あとちょっとで橋に着きまっさかいに、代行、道具ちゃんと拭いて沈めまっせ」

三村が言い、武志は懸命に道具を拭いた。足がつかないよう、大きな橋を渡る途中のど真ん中の位置で、道具を川に投げ沈めた。

「車の処分はしてきまっさかいに、とりあえずここで別れて、明日また連絡取り合いまひょ」

三村は事が早かった。武志は車を降りて彼と別れ、今晩の寝床へと向かった。

武志は少し誇らしかった。敵の身体には当てられなかったが、ただのガラス割りでもない。今はとりあえずヤサに帰って捕まらんことや、と思った。

ブロック集会の際、集まった者たちにはその日の宿が割り当てられていた。武志はその安い指定宿の和室に入ってすぐ、興奮も冷めやらぬうちに池田の親父に一報を入れた。

「親っさんですか？　親っさん喜んでくんなはれ。なんとか格好はつきました」

池田の組長は「そうか、わかった」と言い、武志は「あとは帰ったときに」と電話を切った。武志は熱い鼻息を洩らすと、畳の上へ得意げに大の字になった。

せやけど、相手狙って当たらへんって、中々難しいもんやなぁ。

じっと天井を見つめながら、つくづく思った。

その矢先だった。三村から電話だ。

「あかん。下手打ちや、代行。さっきのとこ、北東系やなしに、北東梅井一家や」

「なんやてぇっ⁉」

三村の開口一番に、武志は叫んだ。銃撃したクラウンのいたあの事務所が、よりによって集会で手を出すなと釘を刺されていた梅井一家のものだったとは。

先ほどまでの誇らしい気持ちが一瞬にして吹き飛んだ。嘆きもしたが、落胆するよりも親父に格好つけて報告してしまった手前、肝が縮んだ。事の仔細は言っていないが親父は、ええ仕事しよった、と思っているに違いない。

「どないしょ……」

話し合い、三村も武志もこの件はブロックに報告せずにおこう、と確認しあった。

下手打ちだった。

三村との通話が終わると、武志はすかさず親父だけには電話して「下手打ったかもわかりまへん」と伝えた。親父も「上には今のところ話さんとく」と言ってくれた。

武志は考えた。そして、とりあえずこの件の下手打ちを取り戻すため、勝手を掛けることにした。つまり、独断行動だ。

もうこの静岡県では目立つ。県を変えて関東のほうへ行き、なんとかせな。

そう考えた武志は翌朝、早速次の戦場に向けて行動を開始した。

車の石野に駅へ降ろしてもらい、向こうで待ち合わせる約束を取りつける。そして新幹線に飛び乗り、一路東へと向かった。

「早よ、下手打ち取り戻すんや」

今回の下手打ち、相手の車には当たったが、相手の身体には当たらなかった。その場では悔しく感じた事実だが、相手が手出し無用の梅井一家だったと知った今となっては、むしろ身体に当たっていなくて幸いだったと思う。

「今度こそ、きっちりいったる」

あともう一回は行って、ちゃんと仕事せんと親父にも土産を持って帰れん。

新幹線の中で、そう武志は思った。

「次は横浜や」

気持ちを切り替え次の挑戦に移る。

今度はさっきまでの田舎と違って、もっと入念に道なり逃げ道を下見せんと、すぐに見つかってまう。なんとしても身体に弾入れんと。

そのことばかりを考えて、武志は昼頃に横浜駅へと到着したのだった。

だが駅前に降り立ってすぐ、はたと足を止めた。

十や二十ではきかない人数の男たちがベンチに座り、わざわざ服のボタンをはだけさせている。胸元から覗く代紋の入れ墨は、間違いなく北東会のものだった。まるで、来るなら来いと言わんばかりだ。

武志はそれを見て熱くなり、見とけよ、と思った。その反面、さすが北東の地元だけある、と警戒心も湧き上がった。横浜や東京は北東会の牙城《がじょう》だ。静岡のようにいかんやろと思い、急いで石野と合流した。

石野は、一人の男を連れてきていた。

「代行、こいつはガキの頃からの仲間で船木《ふなき》と言います。この男が大概この辺の事務所は知っとりますんで、案内に連れてきました」

「そうか。頼むわな」

武志は薦められるままに船木を伴い、そこから北東系列の事務所を回った。全部で五軒回ったが、うち三軒が大きいテナントビルの中にあり、うち一軒が雑居ビルだった。自社ビルはたった一軒。一通り見た後に、武志は自社ビルと雑居ビルとをもう一度回らせた。

この二軒に絞るしかない。大きなテナントビルは人目にもつくし、なにせ他の人も巻き込んでしまう危険性がある。

そのとき、電話が鳴った。

大阪の事務所からだ。朝イチに上山組本部が襲撃されたという。

「なんてぇ！　くそー、ガラス割りとはいえ、神戸まで来るとは……」

今回の戦争の発端は、北の地でこちらが一人殺られたことだ。だがその後の犠牲者は皆、敵である北東会系の者だった。上山組はもうすでに二人の命を取っており、重傷者も四、五人は取っていた。

武志は各事務所を回りながら、ジリジリと思う。早く一発でも相手の身体に入れんと。

「もうこないなったら北東系列のフロント企業やらでもええから、どこか知らんか」

船木に聞いたが答えは皆目だった。

急ぐべきか、それともじっくり調べ、夜を待つべきか。二つに一つ、悩みどころだった。

昼間の襲撃は目立つ。その点、夜中なら目撃者も少なく逃げやすい。しかしその反面、静かすぎて発砲音は大きく響き渡ってしまうだろう。

考えるうちに焦れてきた武志は、石野に「こないなったらガラス割りでもええ」と伝えた。

だが一方では、一計を案じてもいた。石野にガラス割りをさせ、その後に出てきた組員の身体に自分が入れたる、と。

そのとき、三村からの電話が鳴った。

「代行、横浜でっか」

武志は問い掛けてくる三村に、今の状況を説明して聞かせた。

横浜はガードが固く地理もあまり知らないという三村だが、彼も何かしら焦っていたのかもしれない。武志の段取りを聞いて、石野のすることを自分が担当すると言い出した。一緒にさせてほしい、と。

共に下手を打った手前、武志にも三村の気持ちがよくわかった。

武志は三村と合流した。段取りの打ち合わせをしている最中、上山組の返しの情報が入った。上山組側が東京で宅配便の恰好を装い、事務所から出てくる組員を銃撃したとのこと。

武志と三村は「ええ仕事しよった」と二人で頷いた。

今回の抗争は大概、闇で行っている。平時なら事を起こせば名乗り出るのが筋だが、今はなるべくなら名乗り出なくていい。それが暗黙の了解と武志は解釈していた。だが、だからこそ完璧にこなさなければいけない。

武志は三村との段取りを煮詰めていった。当初は夜中にと思っていたが、宅配便の件に乗じて実行を早めることにした。

雑居ビルが多かった北東会事務所だが、一棟の小さなビルにある事務所を新たに探し出し、そこに狙いを定めた。宅配便を装うのはでかした手だが、敵方にもすでに情報は回っているだろうし、同じ手法は使えない。そこで、独自のやり方を考えた。

まず三村と武志が別々の車を五十メートル間隔で路地に停める。三村が始めに音を鳴らす。そして、出てきた組員を武志が撃つ。その後は互いに連絡を取らず、この県から逃げる。

武志は三村と頷き合い、計画を実行に移した。

三村が口火を切るタイミングを、後方の車中でじっと待つ。

今度こそ、と武志は息を深く吸い、一気に吐き出した。そして自分の頬を二度叩く。

そのとき、車に置いてあった携帯電話が鳴った。ブロックの責任者からだ。

「北村代行でっか。今先ほど全員撤退が決まりました。引き上げておくんなはれ。以上です」

「えっ、手打ちでっか？」

武志は相手の言葉に被せるように聞いた。

「全員撤退です。伝えましたでぇ」

そう言ったかと思うと、もう電話は切れていた。

武志はすぐ三村に電話を掛けた。三村もたった今同じ連絡を受けたところだと言う。

「くそーっ！」

電話を切った瞬間、武志は車中で怒鳴り声を上げた。それは誰にでもなく自分自身に、だ。

あまりにも仕事をこなせなかった自分に腹が立った。

結局、自分の手で何も有効打を加えられないうちに、戦いは終わってしまったのだ。

どこかでもっと何か出来たん違うかと思い返したりして、池田の親父に悪いと懊悩《おうのう》した。静岡でのガラス割りなど、何もしていないに等しい。いや、それどころか的外れだったのだ。

武志は、このなんとも言えない、このやり残した自分に腹が立った。

「あかん。わしはまだまだや。こんなことでは組は大きくなれへん。その前に自分が大きいなれんわ」

夜の車内で一人、そう頭を抱える。

「もっと変わらな。もっともっと変わらんとあかん、俺は……」

関東抗争終結の夜、武志は骨身に染みて自分の無力さを知った。

だが、落ち込むばかりではない。生来、武志は負けず嫌いなのだ。

このときの悔しさをバネに、武志はここからまた、自分に挑戦していくのであった。

3　忍び寄る予兆

関東での片づけを終えて大阪に戻った武志は早速親父に報告をし、詫びを入れた。

だが親父の話によると、北東梅井一家を間違って撃ったのは武志たちだけではなかったらしい。それも、その数は一件や二件どころではなかった。

「このこと、話が湧いたら名乗って出るが、こんだけ何十件もの返しがあるんやから、様子を見る」というのが、親父の下した判断だった。

話が済むと、武志は間を置かずに道具の補充の段取りを始めた。これからすぐ何があるかわからない。次に事が起こったときには今度こそ男を見せなければ、と思ってのことだった。

けれど、その後は大きな揉め事が起こることはなく、日々のしのぎに精を出したり、若い衆や交際相手の真理《まり》と親交を深める時間が続いていった。

真理は柳井ママの娘で、同棲するようになってもう二年近くになる。お互いにこれという不満もなく、いずれ自然と結婚するだろうといった流れだった。

武志が二十八歳も終わりに差し掛かったあるとき、その真理が旅行で数日間、家を留守にしたときがあった。武志にとっては久しぶりの一人の時間。羽を伸ばすような心持ちで、何をして過ごそうかとあれこれ考えた。そして思い立ったのが、最近巷《ちまた》で噂の「ダイヤルQ^2《キューツー》」の利用だった。

キューツーは番号の冒頭が「０９９０」から始まる、ＮＴＴが始めた一種の音声情報配信サービスだ。まだインターネットの普及していない時代、ツールとして一部で隆盛した感がある。サービス内容は多岐に渡る。受話器の向こうでタレントが録音した音声が流れ、まるで憧れの有名人と通話しているような気分を味わえるというものや、複数人の友達で同時に通話できるというもの等々。中には、のちに「出会い系」と称されるような、見知らぬ異性と通話できるチャンネルもあった。武志が掛けてみたのは、そのチャンネルだった。

すぐに、そこで知り合った女の子とカラオケに行ったり食事に行ったりと遊ぶようになり、ほどなく「小遣いをあげるから」と割り切った付き合いをするようにもなった。

会った女は、全部合わせても三人程度だ。そのうちの一人が、二度目に会ったとき、こんなことを言い出した。

「おもしろいもの知ってるんやけど、一緒にやってみぃひん?」

組の仕事後に会ってホテルで過ごし、交わった後の寝物語だった。武志は煙草を吸いながら、しばし話半分で聞いていた。

「興味あったら私、用意できるし。みんなたまにやったりしてるで」

「そうかあ……でも前に俺、あれで一回頭打ってるからなあ」

「せやけど、注射やないから大丈夫やと思うよ。吸うやつやから」

「そうかあ……」

「エッチも気持ちいいし、楽しいから」

「そうかあ？」

聞いているうちにだんだんと武志も乗り気になってきた。クスリにはもう八年以上は手を出していなかったし、注射さえ打たなければ大丈夫だろう。結局そんなところに考えは落ち着いて、「ほなら、やってみよか」となったのだった。

女はすぐに用意すると言って知り合いに電話を掛けたが、どうやら不通らしい。そうなると武志としても、もうその気になっていたのに、という気がしてきた。

「ちょっと俺、知り合いいるから聞いてみたるわ」

そう言って武志が電話したのは、〈大芙烈風会〉時代に世話になった藤本のおっさんだ。

武志が初めて覚醒剤を経験したのは十五のときだったが、十七歳の頃にも一度、藤本の持っていたそれを使ったことがあった。彼は武志が幼い頃、武志の父親の元で働いていた人物で、今でこそ会社員をしているが、当時はヤクザをしていた。近年でもときどき会ってはいたし、そういう遊びが好きな人だからきっと持っているに違いない、と武志は思ったのだ。

「――おお、いけるぞ」

電話が繋がり武志が話を伝えると、案の定、藤本は軽い調子でそう言った。

武志は女と二人で一度ホテルを出て、藤本に会った。金はいいからと言われてモノを受け取り、コンビニに寄ってアルミホイル等、使用するために必要な小物を調達。二十二時頃にはまたホテルに入り直したのだった。

銀紙にのせたモノを下から火で炙り、煙を鼻から吸い込む。そこからはもう――だった。ちょっと舐められただけでも、とんでもない感覚が全身に迸《ほとばし》る。頭で考えることがなくなり、犬や猫と一緒になってしまう。体感では五分ほどのつもりが、気づくと二時間ベッドの上でただ貪るように舐め合いをしていた。

二十歳に使ったときとはまた違う、それは人間が経験してはいけない感覚だった。男も女も関係なく、ただの獣になってしまうのだ。

夢中になって事に耽《ふけ》るうちに、そのまま日が昇る時刻になっていた。

武志は呆然となりながらも、元通り日常の中に戻っていった。

それから四、五ヶ月は、その女と連絡を取り合ってはいたものの会うことはなく、組事に勤しむ日々が続いた。よく言う、悪い虫が疼《うず》くということもなかったし、クスリがほしいほしいともならなかった。ところが、だ。

半年近くも経った頃になってふと――またやってみたいな、となった。急に体が思い出したようになって、武志は再度藤本からモノを仕入れた。今度は相応に金も支払った。

女に「またアレやろか」と誘いを掛けて、また武志は禁忌の快楽に溺れた。二人で調子に乗り、三ヶ月に一度、二ヶ月に一度と次第に吸うペースが速まっていった。

かたや組のほうはというと――

ある日、しのぎの関係で事務所から表に出ているとき、親父から唐突な呼び出しがあった。

指定された場所は、組の隠れ家のようなマンションにほど近い公園だった。

「おう……来たか、北村ぁ」

そう言った親父の顔色は、妙に青みがかって見えた。纏《まと》っている雰囲気が明らかに普段とは違う。なんか妙やぞ、と武志は胸のざわめきを覚えた。

「親父、どないしましたん」

ベンチに並んで腰を下ろし尋ねると、親父は俯いたままで口を開く。

「わしは、あかん。こんなん、続けとっても……」

「何がですか？」

武志が顔を覗き込んでも、親父は地面を見つめたままゆるゆると首を振るばかりだ。

「わしはもうあかんねや。生きとってもしゃあないんや」

「いったいどないした言うんでっか、聞かせてくんなはれ」

懇願するように問いただすと、ようやくの一言が返ってくる。

「癌《がん》やった。わし、あと一、二年なんや」

それで、気落ちしていることには合点《がてん》がいった。自分の命に具体的な期限があると聞かされては、誰しも普段通りではいられないものだろう。だが、それにしても親父の沈みようは相当なもの。生きていても仕方ないなどという発言は、さすがに行き過ぎているように思えた。

武志はとにかく落ち着いてくれるように話し、隠れ家であるマンションの部屋に場所を移した。けれど、親父はそれでも依然、あかん、ダメなんや、の一点張り状態だった。

「そない言わんと、頑張りましょうよ」

「ええねんや、あかんねんや」

いくら言っても一向変わらず。組に入ってからこっち、池田の親父を男にすると心に決めてあくせく頑張り続けてきたというのに、それがこれでは。武志はすっかり困り果ててしまった。ついには掛ける言葉も尽きて溜息をついてしまった。すると、

「せやけどなあ……」

ふと親父がこれまでとは違う調子で話し始めた。

「わしなあ、極道してきて十何年……一つだけ、ほんま誇りに思うことがあるんや」

「……なんでっか？」

「北村武志、いう男を育てたことや」

親父の言葉に、ドンっと胸が打たれたようになった。嬉しかった。それと同時に、強い思いが込み上げてくる。――この人を、こんな落ち込ませとったらあかん！

「おやっさん、もう一回考えて。今日はゆっくり寝てください」

どうにかして親父を勇気づける方法を考えなければ。自分が、どうにかしなければ。とにかく今は一度親父にはゆっくり休んでもらって、その間に頭を絞ろう。

そう考えて、武志は部屋を出ようとした。そのとき、親父の机の上に置かれたある物体が目の端に止まった。ピストルだ。古いピストルがハンカチに包まれて、雑然と置かれていた。

――なんか怖いなあ、これ。

手近にピストルがあるなんてこと自体は日常茶飯事、珍しくもなんともないのだが、今はその存在がどうも不穏に見えて仕方がなかった。とはいえ、自分の口からそれについてどうこう言い出すのはさすがに勇《いさ》み足に思える。結局、武志は一抹《いちまつ》の不安を覚えながらもそのまま隠れ家を後にしたのだった。

とはいえ、のんびりしてはいられない。この事態を一刻も早くどうにかしなければ。

武志は日の暮れた道を歩きながら、すぐに郷田《ごうだ》の伯父貴に電話を入れた。彼は池田の親父にとっては兄貴分にあたる、頼れる男だ。事情を伝えると、

「とりあえずそっちに行くから、何も動かんようにせえ」

そう言って駆けつけてくれた。元の公園で合流して、一緒に再度隠れ家を訪問する。

「親父、伯父貴が来てくれましたで。どうや――」

と中に入った瞬間。硬直した武志を押しのけて、伯父貴が部屋に駆け込んだ。

「何しとんねん池田ぁあっ!!」

伯父貴が怒鳴り込んだのも然《しか》るべし。親父は机の前で先程の拳銃を両手に握り、その銃口を開いた自分の口の中に押し込んでいる状態だった。伯父貴は素早く親父の腕を捕まえて、銃口を離させた。しかし親父は抵抗する。

「兄貴ぃっ、このまま死なせてくんなはれぇ!!」

縺《もつ》れ合う二人の手の先で、パァンッと音が弾けた。親父の指が引き金を引いてしまったのだ。が――音は発砲のそれではなく撃鉄が鳴ったものだった。酷く古びているし長い間手入れ

もされていなかったのだろう、正常に銃弾が発射されず撃鉄が壊れて弾け飛ぶ、という事態に留まったのだ。武志も含め、三人ともが呆然となってしまった。

いち早くハッとなった伯父貴が壊れた銃を親父の手から奪い取る。武志に向かって自分の組である郷田興業の本部に連絡するよう怒鳴り声を飛ばし、親父の身体を押さえつけた。

「今日は俺んとこに連れて帰る」

そう武志に告げて、組み伏せた親父の頭を見下ろす。

「しっかし……なんちゅうことすんねんおまえ」

肝を冷やした一瞬は、そうしてどうにか過ぎ去ったのだった。

しばらくして迎えの車が来ると、伯父貴は池田の親父を連れて郷田興業本部へと帰っていった。武志は自分の属する池田興業の事務所へと戻り、組員や姐《ねえ》さん——親父の奥さんに、一部始終を報告した。その後、念のためブロック長にも連絡を入れると、彼は「もう引退させえ」と呆れたように親父のことを言ったが、武志は口にこそしないものの「引退なんてとんでもない」と不満の表情を浮かべたのだった。

——後日。

武志は、郷田興業本部を訪問した。

「親父がすいません」

先方の方々に頭を下げて持参した手土産を渡す。そうこうしたのち、武志は匿《かくま》われている親父の部屋に案内されて入った。親父はいまだ、変わらず意気消沈している様子だった。

声を掛けるが、返ってくる声はやはり消え入るようにか細い。

「わしは……こんな、恥ずかしい」

しばらくはまた、元気出してくんなはれ、といった言葉を掛け続ける時間が続いた。けれど、やがて沈黙が流れるようになると、親父がそれまでとは違う話を始めた。それは、これからについての話だった。武志には聞きかねることに、自分はもうダメだ、という繰り言を前提としての、だが。

「カタギになるわけにもいかんから、わしは引退するけど、おまえの相談役でおりたいんや。破門されるわけにもいかんし、北村ぁ、おまえ、跡取れ。金積んで、わかってもらえるように郷田兄貴に頼んで」

要するに、自分はもうおしまい。かといってイチから始める目もない。だから武志の手助けをしたい。だから今の池田興業を継いで、武志が組長として立て、というのだった。

「金、積まれへんかったらおまえ、どこぞの組の預かりになってまうぞ」

——そんなんどうでもいい。

それが、武志の感じた正直なところだった。

自分が組長になるとか、出世できなくなるとか、そんなことはどうでもいいことなのだ。自分は、この親父をのし上げたい一心でやってきた。別に自分が頂点に立ったり覇権《はけん》を握ったりしたかったわけではない。親父が舞台から退《しりぞ》いてしまったのでは、自分がどうなったところで一緒、本懐《ほんかい》を遂《と》げられはしない。

親父はもう皆に迷惑も掛けてしまって取り返しがつかないと考えているようだが、伯父貴も含め関係者の誰一人として、見限ってなどいない。あなたを見捨ててなどいないと、どうにかわかってもらいたかった。

「親父、そんなん言わんと。二人で頭下げたらまだまだできますやん」

「いや、許してくれへんと思うし、わしはその気ないから、もう」

もどかしくて堪らなかった。親父はまだ終わってなどいないし、自ら終わらせてしまう必要などない。むしろ、そんなことをしてしまうほど惜しいことはないのだ。だというのに。

「わしは相談役でええから」

言うことは変わらず、だった。

結局、この日の親父との会話はそのままで終わった。武志は郷田興業本部から引き上げたものの、まだ親父の再起を諦めてはいなかった。なにしろ、親父はよくコロコロと言うことを変える人物なのだ。今日のところはああ言っていても、根気強く押しているうちに、ある日急に考えを変えてくれるかもしれない。それまでのこちらの心配がなんだったのかと、馬鹿みたいに思えてしまうくらいに、ある日けろっと「やっぱやめるわ」なんて言って元気になってくれるかもしれない。そう思っていた。

武志はそれから毎日、足しげく郷田興業本部に通い、何度も親父との会話を重ねた。ところが、何度訪ねてもいつになっても、親父の言うことは一向に変わることはなかった。

終いに根気負けするような形になったのは、結局のところ武志のほうだった。

自分が親父の後を継いで組長になる。それも悪いことではないのかもしれない。そうも思えてきたのだった。自分だって、なにも野心や向上心がないというわけではないのだ。

「親父……ほんまにそこまで言うんやったらしますけど……ほんまによろしいんでっか？」

ついに武志はそう言った。対して、親父は迷うことなく言った。

「そうしてくれ。代取《だい》ってくれ。それでうまいこといくやんけ」

それで武志も、ついに腹を決めたのだった。

親父が自殺未遂をやらかした日から一週間後――。

親父は郷田興業本部からその身を生野《いくの》病院の病室に移した。武志が池田興業の二代目として代取りすると話が決まったことで、親父はそもそも今回の件の発端であった癌の治療に専念する運びとなったのだ。

武志は組の仕事に合間を見つけては、何度も親父を見舞いに訪れた。ところが、

「おまえ、金いつできる？」

親父は訪れるたびにそう聞いてくる。

目立った体調変化がないとはいえ、武志は一応親父の身体を心配してもいたのだが、親父からすると、それより早く代取りのための金を用意しろ、ということなのだ。

「三千万は要るぞ。おまえがカシラやねんから、しっかりわしの跡を継げよ」

この時期から、武志は組の中で正式にカシラとして扱われるようになっていた。代を取らせると決まったことで、親父が「おまえが仕切れ」と言って、正式にカシラ扱いするようになっ

たのだ。

　とはいえ、組の中での扱いがカシラ代行だったそれまでと何か変わったというわけでもなかった。呼ばれ方が「代行」から「カシラ」に変わったに過ぎない。そもそも、池田興業にはカシラという役職こそあれ、その席は昔からずっと空席のまま、代行である武志が組内の誰からどう見てもカシラのようなものだったのだ。その点、武志の中でもこれといって昇格したという感慨はなかった。けれど、対外的な面では別だった。

　ブロックの「カシラ会」に参加するようになった。

　周りの組のカシラたちは皆、四十代から五十代の者ばかり。武志だけがずば抜けて若かった。それもあって、だんだんと鼻が高くなっていった。十も二十も歳上の人間と対等に話ができるのだから、無理もない。だが、後年に述懐《じゅっかい》する武志はこれを反省すべきことと捉えている。


　そんなんもあって、どこ行っても「カシラ」呼ばれて、傲慢《ごうまん》になってもうてたんですわ。地に足もついてへんかったのに。ほんま阿呆でしたわ。お恥ずかしい限りです。

4　くじかれた道筋

代を取るための資金を集める。

武志は日々、頼れる伝手《つて》を片っ端から当たり、行くところ行くところで頭を下げて回った。

「わしが跡を継ぐことになりました。一世一代のお願いです。ほんまになんぼかでも……」

金は徐々にだが、順調に集まっていった。兄の茂は五百万出してくれたし、家元のおっさんも三百万、柳井ママは保険を解約してまで金を工面《くめん》してくれた。

そうして武志は、どうにか二千八百万円を用立てるに至ったのだった。

「伯父貴、来てくださってありがとうございます」

武志は、親父の病室を訪れた郷田の伯父貴に深々と頭を下げた。親父も、ベッドの上で正座になって頭を下げてくれた。そこで、武志が用意しておいた金を取り出す。見舞いだけのつもりだった伯父貴は途端に目を剝き、戸惑った様子を見せた。

「なんやおまえそれ、何してんねん何してんねん」

「伯父貴、うちの親父が引退する言うて、跡取って頑張れ言われてるんです。なんとか伯父貴の裁量で跡取りに――男にしてもらえませんでしょうか」

武志が告げると、伯父貴はキッと引き締まった顔つきになった。

「北村、その金とりあえず先、直そう」

「何があっても必ず伯父貴に付いていきますさかい、どうか」

「落ち着け、北村。……男の約束は鉄より固い。親分とわしの仲や、わしが言うたら聞いてくれると思う。せやから、その話わしに預けろ」

郷田の叔父貴は上山組のナンバースリー、舎弟頭である。武志と親父はさながら奉行《ぶぎょう》に対する町人《ちょうにん》の如く頭を下げた。

「任せとけ。池田も、悩まんとな」

伯父貴が肩を叩くと、池田の親父は「ありがとうございます兄貴！」と声を張り上げた。

――ところが、その二日後。

武志が親父と二人でいた病室に突如、東大阪連合会の会長で上山組のナンバーツーである若頭が、姿を現した。若頭は入ってくるなり、高く明るい声を上げる。

「おい池田、どないしたぁ！　元気にならんと、頑張らなあかんやんけぇ！」

親父が消沈していると聞いてきたらしく、若頭は親父を鼓舞しようとしてくれているようだった。ありがたいことだ。が、親父にはもうその気がない。話はすでに、そこより遥かに先へと進んでいるのだ。

親父は若頭の言葉に平身低頭状態だった。

「なあ池田ぁ！　おまえまだできるやろぉ！」

若頭がそんな言葉を重ねていると、不意に親父が顔を上げた。そして、

「はい、できます！　頑張ります！」

と声を張って応じた。

――え？

武志は耳を疑った。呆気に取られてしまった。

あれほど勇気づけてもダメだった親父が、再起すると言うのだ。よもや、思ってもみない出来事だった。それは、筋としては「親父、よかったですやん！」と喜ぶべきところだったのかもしれない。だが、話が違う。

「おお、そうか池田！　その意気や、頑張るんやぞ！」

「ハイぃっ！」

上山の若頭と親父の間ではなんの違和感もなく、すっかり話が決まってしまっていた。

武志はもうどうしたらいいのかわからなくなってしまった。いや、どうしようもありはしないのだ。親父がまだ頑張る、組長を続けると言うのだから、もうそうなのだ。自分にはなんの口出しのしようもないし、本来なら口出しなどする必要があろうはずもない。

しかし……しかし、だ。

自分が代を取る、親父はもう引退するという約束だったではないか。

自分はすでに腹を括り、方々にも内々に報告して金を工面してもらっているのだ。もう走り出してしまっている手前、今更ハイそうですかとスタート地点には戻れない。ついにというここへ来て、急に梯子《はしご》を外されてしまったようなものだった。

「そういうことになったから、わし、頑張るんや！」

上山の若頭が帰った後、親父は何ヶ月ぶりかの溌溂《はつらつ》とした声でそう言ったが、武志は気もそぞろで「はあ……」と生返事を繰り返すことしかできなかった。

そんな武志を見て、親父が不満そうな声を出す。

「なんやおまえ、その顔。どうせな、俺は癌で三年も身体もたへんねん。もたへんのやからなあ、三年くらい辛抱せえ。どうせおまえ跡取んねんやから」

あれ？　癌だと言っていた日は、あと一、二年の命だと言っていたような気がするが。三年だったか？

武志は頭の中でぼんやりとそんなことを思いながら、

「はあ。わかりましたあ……」

どうにかこうにか、そう返すのがやっとだった。

病室を後にして組事務所に帰り着くと、下の者たちが一斉に駆け寄ってきて「どうでした⁉」と、事の次第を尋ねてきた。皆、代取りが決まったという言葉を待っていたに違いない。そんな一同に、武志は落ち着いて今しがたの出来事を聞かせた。

皆、一様にがっくりした様子だった。すでに腹を決めて走っていたのは、武志だけではないのだ。弟分の木元直などは武志が代を取ったらカシラに就任することが決まっていたし、その他の面々も然り。彼らの心境も推して知るべしだった。

人事だけでなく地固めも済ませ全てをすでに整えていた武志にしたところで、気持ちは彼ら組員たちと一ミリとて違わない。だが、自分はカシラだ——武志は自身にそう言い聞かせて辛抱した。

自分は池田の親父を支え、当代池田興業を守るカシラなのだ。

だから、皆に言って聞かせた。

「三年辛坊せえ」

――だが結局のところ、自分自身が辛抱できなかったのだ。そう、のちに武志は述懐する。

その日を境に、どこか「もうええわぁ！」みたいに投げやりになってしまったのだ、と。


極道っちゅうもんを浅はかに考えてたんでしょうな。子どもが親に反発するような、そんな感じやった思います。本当はもっと深いもんがあったはずやのに……。たぶん、言い訳を作りたかったんやと思います、自分自身に対する言い訳を。


張り詰めていた糸が切れるように、武志の極道に対する気持ちも、このときある意味で一度切れてしまったのかもしれない。そして、ずるずると武志はクスリに溺れていくこととなった。やがて、それまでは避けていた注射にも手を出してしまう。

同棲していた真理は、どこか武志のそんな様子に気づいているようでもあった。当然だろう。それまで家を空けたことがなかったのに、いないことが増え、いつも連絡が取れていたはずが取れなくなって。

ある晩、武志が住まいに帰ると、真理の姿はその荷物と共に消えていた。

きれいさっぱり煙のように。

そのときにはもう武志という男の未来も、同じく煙のように、暗い虚空に霧散しようとしていたのだった。

5　ケジメのとき

「――そこでカシラ、仲人《なこうど》をお願いできませんでしょうか？」

池田興業事務所で武志がそう言われたのは、真理が消えて三ヶ月が経とうとしている頃だった。弟分の春樹《はるき》が、結婚することになったので、式で武志と真理に仲人をしてほしいと言うのだ。

動じずの態で「よし、わかった」と答えた武志だったが、無論すでに真理はいない。一人で仲人は務まらないし、どうしたものかと頭を捻るはめになった。

「なあ、どうしたもんかなあ」

数日後、喫茶店で向かい席に座る理恵《りえ》に、武志はそう零した。理恵は以前から親交のあった友人の一人で、百貨店の化粧品屋で働いている女だ。馬が合ったので、こうしてときどき一緒にお茶をしてお喋りをするような間柄だった。

武志が、うぅんと頭を掻いていると、つと理恵は言った。

「私、奥さん役やったろか?」

「……はぁ?」

「私も一回、仲人とかやってみたいし」

武志は、ふっと吹き出して笑ってしまった。

「おまえ、おもろいなあ。まだ結婚したこともないのに、そんなん」

確かに奇抜な発想だったが、理恵のほうがそう言うなら渡りに舟だ。じゃあそうしてみるか、と武志は提案に乗ったのだった。

――かくして、春樹の式では理恵と共に無事仲人を務めあげることができた。ところが、それだけに終わらなかったのが、なんとも人の縁の数奇なところだ。これを機に、武志は理恵と本当に男女の仲になってしまった。それまではただの友人で、なんら女として見ることはなかったというのに。

さらに話はとんとん拍子だ。ひと月後にはお腹に子どもができて、同棲を始めて籍を入れた。理恵は、武志にとって二人目の妻となったのだ。

だがもちろん――というのも情けない話だが、武志は理恵と過ごす傍ら、依然としてクスリの使用を続けていた。ペースは週に一回ほど。

きっかけの女とは四回会ったきりで、その後は会っていない。きっかけこそセックスが気持ちよくなるからと言われての火遊び感覚だったが、今ではすっかりクスリ自体が目的になってしまっていた。それでも、理恵が見ている前でだけは使わないと決めていた。

しかし、代取りの話がなくなったことで急激にモチベーションを失ってしまった武志は、次第に事務所にも顔を出さなくなっていった。

それで何をするかというと、クスリを吸って――賭博《とばく》だ。

当時、尼崎《あまがさき》界隈に「博打屋《ばくちや》」と渾名される非合法ギャンブルの店がいくつも存在していた。といっても時代劇のような賭場《とば》でもなければ、カジノのような場でもない。マンションの一室だったり、一見すると喫茶店のようだったりする店に、ビデオゲームの筐体《きょうたい》が置いてあるのだ。店主に金を渡すと、筐体の基盤をいじってゲームをプレイするためのクレジットを直接筐体に入れてくれる。小銭は使わない。千円で十回ゲームができた。

内容は、コンピューターを相手にしたポーカーやスロットだ。そこらにあるゲームセンターとなんら変わりない具合だが、勝った分のポイントは換金される。一発で三万や四万勝つことも珍しくなく、大きく賭ければ数十万返ってくることもあった。

若い頃にも試しに遊んだことはあったが、当時はすぐに飽きてしまっておもしろいとも思わなかった。ところが、クスリを入れてプレイすると、これが断然おもしろさが違う。集中力が出るからか、食い入るように画面を見つめ、脇目も振らずに没頭した。気づけば十時間経っていて二十万負けている、なんてこともザラだった。

クスリ代はせいぜい一万二万程度だったが、武志の中でこの賭博がセットになったことで、金遣いは尋常ではなくなっていた。薬物依存にギャンブル依存も重なって、もはや組でも家でもなく、博打屋で寝泊まりしているような有様だ。三日間風呂にも入らず、ひたすらゲーム賭博をし続けていることもあった。

そんなある日――。

珍しく自宅で目を覚ました武志は、時計を見て顔面蒼白になった。

「やってもうたッ!!」

その日は、三ヶ月に一度の「カシラ会」の日。だからこそ、それに出席することを考えて帰宅していたのだった。しかし、起きたときには時すでに遅し、という時刻だった。

「――北村、ケジメつけなあかんぞ」

大慌てで電話を掛けると、池田の親父に鋭く言われた。

武志がカシラを務める池田興業が所属する上山組は、明石組の最大派閥。当時、四千人もの規模を誇っていた。そのカシラ八十八人が全国から一堂に会するカシラ会。武志はそれに無断欠席する形となってしまったのだ。

カシラの身でなんたることか――親父はそんな嘆きと共に、今朝方の経緯を語った。

『北村が連絡つけへんから、代わりにおまえが行ってこい』と親父は、武志の弟分である春樹に命じたらしい。彼はその場で『わかりました』と言ったものの、どうやら物怖《ものお》じしたらしく、結局カシラ会の現場に現れず、池田興業の席は空席になってしまったというのだ。

親父は、ブロック長である夏木の伯父貴から『おまえんとこの席、誰も来とらんぞ。どないなっとんねん』と連絡をもらったことで事態を把握したらしい。

事の次第を聞いて春樹の行動にも驚いた武志だったが、とはいえ、元をただせば悪いのは誰でもない自分自身だ。クスリを打って、寝ずに博打など打っていた自分がいけないのだ。おかしくなっていても、カシラ会のことは認識していた。出席しなければと思っていた。それぐらい大事な行事だったのに……。

「すいません……」

電話口でそう繰り返すことしかできなかった。

「とりあえず、どないか格好つくようにせなあかんやろ！」

親父は荒ぶる声で言ったが、見放すようなことはせず、むしろ知恵を授《さず》けてくれた。

——武志は、急遽《きゅうきょ》入院することになった。

急病のため、急遽カシラ会に参加できなくなってしまったのだ——という態だった。ちょうど一年ほど前、武志はC型肝炎で北大阪病院に入院したことがあった。今回はその前歴を利用し、同じ病院で「最近しんどいから」と言って、その日のうちに検査入院させてもらう、という形に事を運んだ。

だが、それだけではまだ事態は片づいていなかった。

郷田の伯父貴から事務所にＦＡＸが届いた。滅多にあることではない。無断欠席など言語道断だ、という内容だった。おそらくそれで親父も、これは大事になっとる、と腹を据えたのだろう。

「おまえ、このままやったら済まんぞ。そやからおまえ、自分で考えてケジメつけんかい」

親父から、電話でそう告げられた。

ドスの利いた声に、武志は固唾を呑み込んだ。

どうすればいいか、その答えはすぐに脳裏に浮かんでいた。


入院したあくる日――。

武志は部下の山本克也に、新品の出刃包丁とコンクリートブロックを持ってくるよう、指示を出した。大部屋の入院病室にやってきた克也から、それらを受け取る。

武志のベッドには、左右を跨ぐ形で食事用のオーバーテーブルがすでに出してあった。

「兄貴……ほんまにやるんでっか？」

心配そうに尋ねてくる克也には取り合わず、武志は用意してあった輪ゴムを自分の左手――小指の関節部に巻き付けた。

四重、五重と締めていくと、ゴムの伸縮する力が強まっていき、小指の感覚が徐々に薄まっていく。やがて指は鬱血《うっけつ》し、不気味などどめ色に変色していった。

準備完了だ。そう見てとるや否や、武志はベッドを跨ぐオーバーテーブルの上にその手をのせた。右手で出刃包丁を握り、卓上に置いた左手の、小指の関節部に刃先を宛がう。すでに狙い目のポイントには、マジックペンで目印まで書き込んであった。

――さぁ、いよいよや！

自分も、ついにこのときが来たのだ。

極道が始末をつけるとなれば、今も昔もコレと相場が決まっている——指詰めだ。

極道を始めてから十余年、武志はこれまで他の組の人間からいくつも指を奪ってきた。

だが、自分の指を差し出すことになったのは、今この瞬間が初めてだった。

やり方など、誰も教えてはくれない。わざわざ尋ねるなど、そんなお粗末なことはできない。自分なりに、今の自分にできる手段を考えたところが、このやり方だった。

武志は呼吸を整え、傍らに立つ克也に言い放つ。

「克也……『よし』言うたら、ブロックで思いっきり叩け」

「ぼ、ぼくがするんですかッ⁉」

克也は目玉が飛び出んばかりの動揺ぶりを見せた。彼にしても話に聞いたことこそあれ、実際の指詰めの現場は初めて、取り乱すのも当然だ。

だが、やってもらわねば困る。

武志は怒声を飛ばして、彼を鼓舞した。そして、

「よっしゃっ、いけぇぇぇぇッ‼」

——バァン‼

コンクリートブロックが包丁の背に、そして卓に叩きつけられる音が、病室に重く響き渡った。

「おっしゃぁぁッ‼」

武志はいつしか閉じていた瞼をぐっと押し上げ、自らの左手を確認する。小指は——

「お、おまえっ！　まだくっついとるやないけぇ⁉」

ぎょっとした。ほんの少し、端っこがまだくっついていた。

「おまえちぎれぇ！　思いっきり叩けぇ！」

畳み掛けるよう克也に言うが、もはや克也は硬直してしまって動けない様子だ。

くっそう、と意を決した武志は咄嗟に、ぶらんとなった自分の左手小指に噛みついた。ギリギリと歯を立てて、ぐるわぁっと噛みちぎる。

ブチッと肉が裂けて指先が床に飛んだ。素早くそれを拾い上げ、克也の眼前に差し出す。

「これ、親父に持っていけ！」

歯の合間から燃えるように熱い息を洩らしつつ、武志は告げた。

先端を失った小指からは、滲み出た血液がリノリウムの床にピタピタと滴っている。

「ハ、ハイィィッ‼」

克也はぶるぶる震えつつどうにか指を受け取ると、包み込むように両手でそれを抱え、弾かれたように病室から駆け出して行った。

「いけぇ、克也ぁ！」

そうして克也を送り出した武志は、すぐに後始末に掛かった。

都合のいいことに、ここは病院の中だ。武志はその足で自分の病室を出ると、一階にある外科病棟を訪れた。

「すんません、コケてまいまして」と指を見せると、医者はすぐに応急手術に取り掛かってくれた。向こうも、転んだなんて嘘だとわかっていたに違いないが、目の前にちぎれた指がある状況では、そうする他になかっただろう。

指の切り口に、図太い注射器の針をぐっと射ち込まれた。何よりこれが、全身が痙攣するほどの痛みだった。麻酔が効いてくるうちにも、次は飛び出ている指の骨を削られる。

先っぽに肉を被せ縫合《ほうごう》するために、必要な作業だ。説明があったわけではないが、麻酔でぼんやりし出した意識の中でも「なんやギコギコやってるわ」と感じたのを覚えている。ノコギリだったかヤスリのようなものだったかなどは、定かでない。麻酔のおかげで、もうその時点で痛みは感じなかった。

ここからは、のちに聞いた話だ。

克也が指を親父に持っていくと、それを受け取った親父はそのままブロック長の元にそれを持っていったという。ブロック長は、指を受け取りはしなかったが、詫びは入れたということで事は収まった。

外指《そとゆび》と呼ばれる他部団体の指ならば受け取るところだが、指を取られるというのは不名誉なこと――今回は内輪の組同士ということで、裁量で返してもらえた、という次第だった。

とはいえ、その後、自分の指がどこへいったのかを武志は知らない。

極道の習わしだと指は、舟を作ってのせ川に流したり、土に埋めたりといった方法で、供養《くよう》する。魂が宿っていると考えているから、神社でお祓《はら》いして奉納《ほうのう》する場合もあった。武志も、これまで自分が討ち取った指はそのようにしていた。
――たぶん、親父がちゃんと葬ってというか清めてというか、してくれたんやろな。
病室のベッドの上で短くなった左手の小指を見つめ、静かに思う武志だった。

第三章

極道くずれ篇

1　見舞う震動

「北村、おまえ本部の電話番に入れ」

平成六年の秋頃、武志は池田の親父にそう言われた。

つまり、上山組の本部に行って、泊まり込みで働いてこいというのだ。それは下部組織の中でも役職持ちの人間にしか就けない仕事だったが、今の武志は正式に池田興業のカシラとなっている。さらに、武志は二十一歳のときから親父が本部に出向く際にたびたび随伴《ずいはん》していたため、すでに本部の人間の名前や顔も一通り覚えていた。向こうからも、行けば「おう、北村ぁ」「北村はん」「北やん」などと呼ばれるほど仲よくなっている。

とはいえ通常なら、電話番という役目に就く前にまずは「食事班」から経験するのが段取りだ。本部には、直轄の人間が一人、親分の要人身辺警護班《シークレット・サービス》とも言える本部付きの人間が十から十五人、枝の各団体から代表が五人ほど、三泊四日で詰めることになる。その大人数分の食事を、下部三団体から集まった人間で用意するのだ。それが三、四年ほど続いたところで出世して、ようやく各団体からの電話を受ける仕事――電話当番を任せてもらえるようになるところ。

その点、今回の親父の指示は、不思議とは言わないまでも不自然な任命だった。

「おまえ、そこに入って修行してこい」

親父はそう言ったが、真意は別にあるのだと武志にはすぐにわかった。親父もだんだん、こちらがクスリをやっていることに気づいてきたと見える。そこで要は、クスリを使う隙《すき》を与えないように、という采配なのだ。

――むっちゃ嫌や！

半分羽も生えてしまっていたし、そんなところに行かんと遊びたい、というのが今の武志の本心だった。過去あれほど真面目に極道をしようとしていたのがまるで嘘のように、クスリ浸りになった今では「なんか楽しい遊びないかなあ」とばかり考えている毎日だった。

頭のどこかでは「極道やめたらあかん」と感じていたようにも思う。だが、もう身体が言うことを聞かないような状態だった。

――結局その後、武志は親父に言われた通り本部の電話当番に入るようになった。けれど、一泊二日の当番が終わると自分の事務所にも寄らず、すぐにクスリを打って博打屋に入り浸る、という具合。やがては悪循環になってきて、博打屋からクスリを打ちながら本部に行ったりもするようになってしまった。

そんなふうに四ヶ月、五ヶ月が過ぎ、時は平成七年の一月に至る。

その日も例によって、尼崎にある博打屋の一軒でゲーム筐体でのギャンブルに没頭していたところ、不意に地面が大きく揺れ出した。午前五時頃の出来事だ。

武志はわけもわからず、慌ててゲーム機の下に潜り込んだ。揺れは一旦やんで、また始まって、と続いた。――これが、阪神・淡路大震災だった。

店内にいた人々の叫び声が飛び交い、棚は倒れ、電気が消えて周囲は暗闇に包まれた。

そのとき、混乱する武志の頭に閃《ひらめ》くように、小さな小さな一人の人物の存在が浮かんだ。

つい一週間ほど前に、理恵が身籠っていた娘の「りな」が生まれ、退院したばかり。クスリでおかしくなっていながらも、武志はその娘のことが気になったのだった。

急いで自宅に電話を掛けるが、携帯電話も公衆電話も繋がらない。武志は心配になって、表に停めてあった車に飛び乗った。流れるように発進させるが、街はどこも真っ暗で、灯りはただの一つも点いていない。道路はメチャクチャで、電信柱はへし折れているわ、信号機は潰れているわ。とてもこの世の光景とは思えない惨状だった。

池田興業も電話は繋がらない。とにかく夢中で車を走らせて、武志は住まいである市営住宅へと一目散に向かった。

しばらくしてどうにか辿り着いたものの、四階建ての市営住宅は当然のように上から下まで真っ暗。三階の自宅の様子も見て取れない。武志は咄嗟の機転で車を路側帯に乗り上げさせた。傾斜のついたヘッドライトのハイビームで自宅の位置を照らし出すと、そのまま車を降りて一気に自宅目掛けて階段を駆け上がる。元々が新しく綺麗な建物だったのが幸い、階段も壁面も崩れてはいなかった。

「大丈夫かぁッ！」

玄関扉を開けた瞬間に、そう叫んだ。表からのヘッドライトでどうにか照らし出された宅内は見るも無残にグチャグチャだったが、奥から妻の理恵が「こわかったぁ」と震える声を上げ、娘を抱いて玄関口に寄ってきた。

それを見て、武志はようやくほっと胸を撫でおろしたのだった。

――それから一時間ほど後に、父の忠夫も様子を見に来てくれた。武志がもうおかしくなっているから家にも帰っていないかもしれないと思い、義理の娘と孫である武志の妻子を心配して駆けつけてくれたのだった。

未曽有《みぞう》の大地震の中、皆が大きな怪我もなく無事だったのは、実に不幸中の幸いだ。一時間、二時間と経つうちに、張り詰めた武志の緊張の糸もゆっくりと緩んでいった。すると、また途端に悪い虫が再発する。妻もまだまだ不安だったろうに、武志はふらふらっと自宅を出ていってしまったのだ。妻の前ではクスリが打てないから。

人の気持ちなど考えず、自分の欲求のままに勝手な行動をとる。犬畜生とは言ったものだが、クスリに溺れた人間よりも犬のほうが遥かにまともで情もあるというものだった。

武志はクスリを入れた後、その足で池田の事務所の様子を見に行った。こちらも惨憺《さんたん》たる有様だったが、やがて夜が明けて十時を回った頃合いになると、だんだん各所と電話連絡もつくようになってきた。いち早く機能したのは携帯電話より公衆電話だった。

組の皆が落ち着きを取り戻したところで、池田の親父が声を上げる。

「ほんなら、神戸の本部行くぞ」

上山組本部の安否を確かめなければならない。そう考え一行は車で移動を開始したが、あっちもこっちも道が潰れていて、神戸までなどとても辿り着きようがなかった。のちに発表されたところによると、「阪神・淡路大震災」の震源地は大阪や神戸からほど近い淡路島北部。マグニチュードは七・三で、神戸では震度七だったというのだから無理もない。その日のうちは、単車を使ってどうにかこうにか、一日掛かりで本部の様子を見に行くのが精一杯だった。

二日目、三日目は、親父の号令の下、本部へペットボトルの水を運んだ。何よりもまず、水だったのだ。単車でもまだ困難だったため、移動にはロードパルという自転車のような見た目をした軽量オートバイを使う。荷台に水入りダンボールを三箱括りつけ、七台で大阪と神戸を往復した。本部には他の団体からも救援物資が続々と届けられていた。

五日目、ブロック会議では、ブロックによる招集命令を受け、武志はカシラとしての任を帯びて本部に赴いた。

ブロック会議では、持ち回りで手伝いをする〈本部詰め〉のグループ分けが行われていた。物資の整理や調達から、一帯を警邏《けいら》して自警団のようなことも行うのだという。武志にも、そこへ参加を求む旨が告げられた。

「よその泥棒軍団が神戸に全員移ってきたんや」

ある者が言ったその表現は半ば冗談めかしたものだったが、およそ正しくもあるらしい。なんでも、火事場泥棒のような輩《やから》が多発しているのだという。なにしろ関東大震災以来の「震災」と呼ばれるほどの事態だ。誰もが皆、着の身着のままで避難している。そうして無人になった住宅や店舗から金目の物を盗み出そうと、よその地域からよからぬ連中が集まってきているのだった。

そんな話、ニュースには一切なかったが……と思って本部所属の親しい者に尋ねてみると、「宝石商とか金目の物があるところには、特に強盗団が押し寄せとる。でもそれを聞いたらさらによそから強盗目的の人間が集まってきてまうやろ。せやから報道は避けてんねん」と聞かされた。「だから俺らがそういう奴らを取り締まるんや」

かくしてその日から、武志の本部詰め参加が始まった。その時点で自警活動のシステムはすでに出来上がっており、十人くらいで班を作って持ち回りで周辺をパトロールした。暗くなると本部の表に焚火を焚いて、夜通しの見張りだ。ときには地域の人々に火の起こし方をレクチャーしたりもした——というのも、本部の周りには早い段階から多くの地域民が寄り集まってきていたのだ。

地元の爺さん婆さんが、「こういうときに頼れるのは明石組や」と言っていたらしい。国や警察に動いてくれと言ってもなかなか叶わないけれど、明石組には付き合いのある他部団体が日本全国にある。実際、毎日いろんなところから次々に差し入れが届いていた。畳一畳などというレベルではなく、十トントラックが二台といったレベルの量だ。水や食べ物はまずとして、カセットコンロや懐中電灯、生理用品などに至るまであった。

悪い業者は二リットルのミネラルウォーターを一本二千円、カップ麺を一個千円といった価格で売りつけたりしていたのだが、「買わないと仕方ないから」と買う人も後を絶たない状況。いかに救援物資が救いであったことか。

本部詰めの参加員は物資が届くたびに、大量のそれをトラックの荷台から降ろす作業をしたり、頼ってきた人たちに配ってあげたりしていた。担当メンバーは、実に五十人掛かりだった。

物資の中でも、水は当然あればあるほど助かった。それは飲み水だけに限らない。なにしろトイレも水洗が機能しないので、ポリタンクの水を便器に注いで汚物を流すくらいだったのだから。

やがて水道も復旧し、蛇口から水が出るようになった。各所に駐留所ができ、トラックが来て水を出したり食べ物を配ったりという国の助けも始まる。買い物などはまだできなかったが、自治体やボランティアによる炊き出しや物資配布も増え、三ヶ月が経つ頃には生活機能の六割ほどが回復。ようやく落ち着いてきた感があった。

本部詰めの活動はその後も続いた。武志は震災のあった一月と、二月、三月に一度ずつ、四泊五日で参加した。四月以降は春樹や木元直らに、代わりに参加を任せた。

当初、本部詰めには各団体から「カシラ、代ガシ、本部長、のどれかが来い」と言われていたのだが、四月になると役職を持たない者でもよい、ということになったのだ。それはいわば、判断力や行動力が充分でない者でも事足りるようになった、それだけ緊急性が薄らいだ、ということだった。

——これ幸い、や！

そう思った武志だが、それはむしろ復興に関してではなく、自分の身が自由になる、ということに関してだった。無論、そうなればまた元のクスリと賭博に明け暮れる放蕩《ほうとう》生活だ。正に「元の木阿弥《もくあみ》」かというと、本部詰めに参加していた月もちょくちょくクスリを打ってはいたため、木阿弥以下といったところだった。

2　お終いにする

時間や約束にルーズになる。

それが、クスリを使っている者に最初に現れる兆候《ちょうこう》だ。種類や使用量によって差はあるだろうが、武志の場合は間違いなくそこからだった。

決まった時間に決まった行動をとるといった規則的な生活が送れなくなり、社会からじわじわと離れていってしまう。約束も守れないから、人も離れていく。

そんなんどうでもええわ——という気分になってしまうのだ。

人であるということの一つに、意思や理性によって自分の行動を律《りっ》したり制御することができる、という部分があるはずだが、それができなくなるのだ。つまり、人ならざるものになっていく。

楽しいこと、気持ちいいこと、という単純な快楽だけを求めて行動するようになる。

今の武志はまさしくそれであった。

「カシラ、親父がとりあえず事務所来いって言うてます」

ある日、電話を掛けてきた山本克也が言った。だが武志は悪びれもせず「もうええ、ええ」と軽い調子で返すのみ。煙たいといった口調でもなく、ただただ適当極まりない調子だった。何も考えていないのだ。

ひとたびクスリを打てば、ギャンブルかセックスか。打っていなければ、まず打ちたくなり、その衝動を止められない。延々同じことの繰り返しだった。

しかし、完全に理性が消滅したかというと、そうではない。

関わってきたいろいろな人、いろいろなことへの申し訳なさ、自分自身に対する情けなさや恥ずかしさといったものが、鎌首を擡《もた》げる瞬間も往々にしてあった。

四月の終わり頃、武志は一念発起した。

――このままではあかん！

このままでは、じきに〈破門状〉が出される。池田の親父から全国の団体に向けて「北村武志はもううちの人間ではない」「縁組や商談は一切やめてくれ」という旨が伝えられるのだ。そうなれば、自分のヤクザ稼業もお終いだ。

いや――破門状は確かに恐れるところだが、それだけではない。このままでは、親父に対して申し訳が立たない。

組のカシラともあろう者が、もう長いこと事務所にも寄りつかず、連絡すら取れない。そんな、本来ならすでに破門状が出されていて然るべきところを、親父はまだ待ってくれているのだ。ひょっとしたら、自分が立ち直ると信じてくれているのかもしれない。

頭を下げに行かなければ。なんとしてでも許してもらわなければ。

親父とは、もう一ヶ月近く顔を合わせていなかった。ただ、以前一度、克也に電話で親父の容態を尋ねたことがあった。最近、親父は癌治療のため週に一度、鳥取県にある三朝《みささ》温泉へ湯治《とうじ》に通っており、克也はこれによく同行しているという話だった。

武志は自分自身を焚きつけて、自ら克也に連絡を取った。

謝りたいから自分も湯治場《そこ》へ連れていってくれ、と頼むと、克也は快く了承してくれた。

日付は二週間後に設定した。謝るにしても、このままの状態ではいけない。しっかりとクスリを抜き、身体をきれいにして親父に会いに行かなければ。そう思ってのことだった。

とはいえ、普段通りの生活を送っていたのでは、とても二週間の禁薬はできない。そこで、

「――おまえんとこの実家、行かしてくれへんか」

武志はその晩、妻の理恵にそう話を切り出した。

理恵にはクスリのことは話していなかったが、すでに彼女も勘づいていただろう。もし仮にそうでなかったとしても、もうずっと事務所に顔も出していないことは、理恵もわかっていた。

「身体元気になったら親父んところ謝りに行きたいねん。もう一回頑張ろう思って」

理恵は武志の言葉を喜んでくれた。そして、そこからの二週間、武志は理恵と共に彼女の生

家で世話になり、いざ出立の朝を迎えたのだった。

「行きましょ、兄貴」

車で迎えに来てくれた克也が言う。

「おう、行こか」

凛々しい顔で応えた武志を、「しっかりね」と理恵も送り出してくれた。

晴れやかな心持ちの武志を乗せて、車は走り出した。

……ところが。

「ちょっと尼崎に寄ってくれるか？」

高速道路を走っているとき、武志はそう口を開いた。

「どうしたんですか、兄貴」

「ちょっと一軒だけ用事したいとこあんねん。寄ってくれ」

「はあ、わかりました」

克也が車を尼崎に向ける。武志は指示を出して、あるマンションの前まで連れていってもらい、車を降りた。そうして、車内に克也を待たせて向かった先は、いつもの博打屋だった。

謝りに行くからにはクスリを抜かなければ——というその律義さ、二週間の禁薬というその我慢が、結果的に災《わざわ》いしたのだ。

この土壇場にきて、悪い虫が騒ぎ出してしまった。急に身体が熱くなり、いてもたってもいられなくなってしまったのだ。

クスリというのはそういうものだ。たった一週間二週間でこれ。義理人情などの武志が一番大切にしていたものが、もはや武志の中からなくなってしまっていた。

武志は博打屋でクスリを買い、その場でそれを注射した。

呆れたものだ。どうしようもない。自分自身ですらそう思う。

結局、武志が車に戻ったのは、降車してから一時間も経ってからだった。

克也も建物前に停車した時点で気づいていたろうが、彼の立場からは何を言うのも憚《はばか》られたのだろう。悪いのは止めなかった彼ではない、誰あろう武志自身だ。

「ほな、行きましょうか兄貴」

「先、行っとってくれ。今日はもうええわ」

出立したときの凜々しい表情がどこへやら、今の武志は上の空といった様子。車には乗り込まず、単身湯治場へ向かう克也をその場でそのまま見送ったのだった。

――のちにして武志は思う。

克也も「なんやこの人」と思ったことだろう。「どうかしてる。この人、人間やないな」と。理恵のところにも出たきり戻らず、連絡も入れず。きっと理恵も思ったに違いない。「私にあれだけ言っておいて、何してんの」と。
二、三週間してようやく一度電話を入れたが、気が咎《とが》めて声の一つも出せなかった。
「たけっちゃん？　……たけっちゃんやろ？」

通話口から聞こえる理恵の声を、ただただ無言で聞き流すことしかできなかった。

ちょっとの期間クスリを抜いただけで、ああ今人間に戻ってる、と満足してしまっていた自分が、情けなくて仕方なかった。これでもうええねんや、と人に戻ったつもりでいた出立の朝の自分が、愚かしくて仕方なかった。

一寸の虫にも五分の魂、とか言いますけど、あれ以下のもんやと思いますわ、そのときの自分は。人じゃないどころか虫以下。三十歳から三十一歳の半ばくらいまで、自分のことが凄い嫌悪するくらい、本当に嫌いでしたからね。今でもその当時のこと、思い出したくもないけど、思い出しながら「あんなこと二度と嫌や」と思って戒めてます。


五月になり、破門状が出た。

若い衆が破門状を持って、武志の元に知らせに来たのだ。

自分の破門状を見ると、おかしくなっていながらでも「ああ、とうとう出たな……」と胸に染みるものがあった。いずれ出るだろう、もう出る、出る、とは思っていたが。

それにしても、よく親父はここまで待ってくれた、と思う。

だが、それももうお終いだった。

極道で生きていく。

池田の親父を男にする。

そう心に誓ったはずの武志の極道人生は、今ここに潰《つい》えたのだった……。

3　池田の親父との別れ

もはや武志は、糸の切れた凧《たこ》そのものだった。

理恵と住んでいた自宅にも戻らず、当然池田興業の事務所にも行かず、レンタカーを借りてただ意味もなくあちこちをうろつき回った。夜はホテルか友人の家、あるいは実家に転々と泊まる日々。博打屋で朝を迎えることも珍しくはなかった。

クスリを打つ量も増えた。

一般的な使用者は、日に二回、〇・三ミリずつほどを打つ。武志はこれまで、〇・〇一ミリくらいを日に五、六回の頻度で打っていたのだが、〇・三ミリが五、六回になった。幻覚症状も出始め、もはや一端《いっぱし》の針中毒だ。

「ヤクザ」の肩書きを失った今の武志を表す言葉は、「薬物依存」以外にありはしなかった。

生活の資金は元々、代取りの件で借りたものを食い潰していた。話が立ち消えになった当時、貸してくれた相手に「こんなことあって、結局なれなかったんですわ」とも言い出しにくく、大半が借りたままの状態になっていた。あるいは待ってくれと言っただけ、あるいは半分ほど返しただけ。どうにか合計で一千万程度は返したものだったが、そこから先はクスリに溺れてしまい、「もうええわ」となっていた。

今でも時折「あそこにも返してない、あとあそこにも」などと考えることもあったが、すでに残金は底を突き、返済はおろかサラ金で新たな借金を拵《こしら》え暮らしている状態。金目の物を質屋で金にしたりもしていた。だが、そこまでして金を作っても、破門後一ヶ月、二ヶ月と経つうちに手元の金は見る見る減り、反対にクスリの使用量ばかりが見る見る増えていった。

そして、四ヶ月後――九月中旬。

どうした風の吹き回しか、武志は久しく連絡を取っていなかった克也に電話を掛けた。

親父のことを尋ねたのは、やはり気掛かりだったのだろう。武志にとっては、誰にも増して特別な相手だったのだから。

「どないなんや、親父の容態は」

「あんま、いいことないです。今年もつか、もたないかやないですか。ガリガリになって……今、生野病院に入ってます」

親父がもう長くない。克也の言葉を聞いた武志の胸に、堪らぬ感情が込み上げてきた。

――もう二度と会えんくなってまうかも、謝れんくなってまうかもしれん。

通話を終えると、武志はすぐさま生野病院に向かった。クスリ浸りの姿を見せたくないと思っていた以前とは違い、矢も楯も堪らずだった。今行っとかんと、という一心だった。

道中で数千円の果物を見舞いに買って、克也に教えられた親父の病室を訪れる。

親父は、大部屋に置かれたベッドの一つに寝そべっていた。まるで骸骨《がいこつ》のように痩せ細った、見るからに衰弱した状態で。

「何しに来てん」

開口一番にそう言われたが、武志は構わず土下座した。周囲には他の入院患者やその見舞客などもいたが、これも一切構わなかった。親父の顔を見たら、もうそうなっていた。

「迷惑掛けてすみませんでした！　本当にすみません！」

平身低頭詫びた。詫び続けた。

以前の面影がない親父のげっそりした顔を見て、涙が止まらなかった。もう死期が近いことは、疑いようがない。

「もうええ。おまえのことは嫁に任してるから。もうええ」

しばらくしたところで、謝罪の言葉を遮るようにそう言われた。親父の嫁、つまり姐さんに任せている、という言葉の意味はよくわからなかった。聞き間違いかとも思ったが、もうそれ以降、何も言葉を継ぐことができなかった。

ほんの十分ほどで、武志は病室を後にすることとなった。

ほんまに癌てこんなになってまうんや……と、変わり果てていた親父の姿を脳裏に反芻《はんすう》して、ただ茫然と思った。

——親父が亡くなったのは、その一週間後のことだった。

「今から病院を出て、ご自宅に戻られます」

舎弟格の一人だった万次郎からそう連絡を受けた武志は、すぐに木元直にもその旨を伝え、二人で池田興業事務所の隣にある親父の家に急行した。

家には親父の娘さんと、彫師としての親父の代を継いだ二代目彫富《ほりとみ》、万次郎、克也、そして親父の奥さんである姐さん、の五人がいた。

「顔、見たりぃ」

自分は破門された身だというのに、姐さんはそう言ってくれた。ありがたいことに顔を拝ませてもらい、線香をくべさせてもらった。

葬儀は西成区の大阪祭典というところで行われた。自分は破門されていたから行けなかったが、池田興業は上山組の直轄だったので組関係者が六百人以上訪れたという。上山組の親分も幹部の人間も、皆来てくれたという話だった。

親父の亡き後、池田興業は取り潰しとなった。

そもそも組にはもう、親父に付いていた万次郎と克也の二人きりしかいなくなっていた。元々は他にも、武志に付いていていた者たちが何人もいたのだが、武志がこうなってしまってから三々五々、皆散り散りに去っていったのだった。

最後まで残っていた二人はブロック長の預かりとなり——幹部が上山組のカシラ補佐を務める、ブロック八団体の長——港秀会《こうしゅう》に、やがて所属することとなっていった。

一方、どこにも属する場所のない武志のほうはというと——

親父が死んでから、クスリの禁断症状、幻覚症状が激しくなった。

例えば、人が話をしていたら、それが「暗号」のように感じられるのだ。暗号を用いて、その人物が自分のことを密かに罵ってきているかのように、だ。

ある人の車のナンバープレートが「564」だったのを見たときは——「あ、俺に564《ころす》って言うて来とんな」と感じた。当然妄想でしかないのだが、クスリの渦中にあってはそんなことにも気づけない。そこでカッとなり、「おまえ、俺に殺すいう意味でこれに乗ってきたんか！　番号わざわざ偽造までしやがって」などと怒声を発したりした。

道を歩いていて通りすがりの人物が「あいつは好かんやっちゃのう」と話していたら、自分が言われていると感じた。誰かが「ふふっ」と笑っていたら、自分が嘲笑《あざわら》われていると思った。

——なんで知らん人がみんな俺を笑ってくるんや？　そうか！　俺、インターネットに出てるんや。こんな奴になったらあかんって、顔写真付きでヤリ玉に上げられてるんや。

思考はそんなふうに巡り、それが妄想だなどとは、当時は露《つゆ》ほども思わなかった。

一人で行動しているときやクスリの切れ目には、幻聴も聞こえた。

——あ、今どっかでスズメが鳴いたなぁ。

ある朝、口には出さずにそう思った刹那、『スズメ鳴いとったでぇ〜』とおちょくるような声が聞こえてくる。頭のすぐ斜め上の辺りから『アホやアイツ、ビックリしとる。オレらが隠れてるのもわからんと』と嘲《あざけ》るような笑い声が聞こえてくる。

——えっ、誰や。声にも出してへんのに。

『誰か当ててみぃ～』

——むっちゃ怖い。心の中で思うことが、みんな読まれてる。

部屋で毛布を被って、誰にも見られないように蹲《うずくま》った。だが、

『アホやぁッ。そんなんやっても畳からは見えてるのに』という声がする。

逃げ場なく、誰かに監視され、笑われる。こちらからは姿も見えない。

恐怖だった。

怖い。何をしても怖い。

終いには、郷田の伯父貴の声だとかで『おまえぇ、この世界で池田のオッサンを裏切りやがって！』などという怒鳴り声も聞こえてくる。他にも、柳井ママの声や自分がこれまでに迷惑を掛けた人間の声、自分がどついてきた人間の声が、入れ代わり立ち代わり耳に頭に響くのだった。

多少の睡眠をとっていればまだマシだったが、クスリをやって三日も四日も寝ていない状況だと、特に幻聴は激しかった。そんな調子が何日も続くと、武志はだんだん「あ、これ俺、上山組から追い込み掛かってる……」と思い始めた。

——逃げられへん。最後は俺、のたうち回って死ぬんや。

真剣にそう思っていた。

実の兄と父にはもうクスリの件も打ち明けていたのだが、実家に逗留した際、父にこの考えを相談したところ「追い込みなんか来るわけないやろ」と一笑にふされてしまった。

それはそうだ。池田興業のカシラだったとはいえ、上山組にとって武志は数多《あまた》いる構成員の一人――いや、元構成員の一人にすぎない。ある意味破門されただけであって、荒事《あらごと》を起こしたわけでもない。そんなたった一人のために、本部が総力を挙げて動くことなど土台あるはずがないのだ。それは、まともな頭で考えることができたなら、自明の理だった。

しかし、武志の考えでは違うのだ。上山組は「池田の親父を愚弄しよって、情を掛けてもらい破門も長いこと待ってもらったのに、いまだクスリをやめんと」と怒っている。「殺したらそれで終わりや。生き地獄を起こしてまえ。こいつが自分の命を絶つまで狙え」となっている。そうに違いない。

クスリに取り込まれている武志は、怯え続けた。

周りの人間たちの目にはそれが、攻撃的になったように映った。ちょっとしたことで出刃包丁を持ち出したりするのだから、無理もない。武志本人からしたら我が身を守ろうとしているだけなのだが、理解されようはずもなかった。

「おまえら、俺が守ったるからな！」

血走った目で話す武志のそんな言葉も、周りの人間からしたら「いやいや、むしろあんたから守ってほしいねん！」という心境だったろう。

元の気性がなまじ真っ直ぐやったからか、おかしなるとようけおかしくなるもんで。だから手ぇ付けられなかったやろな……。みんなもう「警察に捕まってほしい」思うとった思い

ますよ、**僕のこと。**もう、**僕がほんま錯乱してるみたいになってもうてたから。……すごい**
犠牲にさしてますよね、みんなのこと。

親父の死後、一ヶ月ほど経った頃――

ふと物を思い池田興業事務所だった建物の屋上に上がったところ、親父の声がテレパシーのように聞こえてきた。「すみません、すみません」と謝り続けていると、煙たがるような声で『姐さんに任してるって言ったやろ』と親父の声が空から降りてくる。

――そうか、姐さんが俺の追い込みを任されてるんや。姐さんに許してもらわな。

おかしくなった頭による勝手な解釈でそう思い込んだ武志は、出刃包丁を取り出し屋上で一人、右手の小指を詰めた。今度は前のようには誰もやってくれないので、座って自分の体重をグッと掛け、ボキーッと切った。そのまま、事務所のすぐ隣にある姐さんの家にそれを持っていき、戸を叩いた。

「姐さん、このたびはすみませんでした！」

武志はこのとき、姐さんがいろんな人を動かして自分に幻聴のような声を聞かせていると、本気で考えていた。だが、姐さんからしてみれば、「なんやこの子、気持ち悪い」だったろう。唐突に指を持ってきて「これ、親父の仏壇に置いてください」と言うのだから。

半ば怯えたような様子で「もういい、いーいっ！　もう帰って！」と、武志は追い払われてしまったのだった。

聞こえていた声は、全て自分自身の罪悪感からの声だったのだろうと、のちにして思う。皆からそんなふうに言われても仕方ない、追い込みを掛けられても仕方ない、という気持ちが、幻聴として現れていたに違いない。

頭の芯の芯では、きっと感じていたのだ。

クスリに走ったのは親父に代取りを反故《ほご》にされたからだ、と言い逃れたい心の裏で。

親父のせいじゃない。自分のせいだ。自分が悪いのだ。

本当はクスリを吸ったときからこんなふうになることを予見していたのに、そのきっかけを、自分は親父のせいにしていたのだ。

親父の死から二ヶ月後――

武志は、親父の出身地である山口県の宇部《うべ》に向かって車を走らせた。

そこにある親父の墓に、墓参りをしたかったのだ。だが、道行きは期せず険しいものとなった。例のナンバープレートだ。あれやこれやの数列が目に入るたびに妄想が頭を支配し、恐怖と戦うことになった。囲まれてる、狙われてる、と感じながら、抗おうとして車の中で必死に叫んだ。

「俺はただ親父の墓参りに行きたいんじゃあぁッ！　ほっといてくれぇぇッ！」

やがて憔悴しながらも、武志はどうにか墓地に辿り着いた。

話に聞いていた辺りには「池田」という墓が三つ並んでおり、少し戸惑ったが「確か、姐さんが真ん中やって言ってた気がするな……」と思い、真ん中の墓を三十分くらい掛けて一生懸命に磨いた。「すみません、親父」と声を掛け水を掛け、冬の最中に額に汗して磨いた。

――何ヶ月ものちに、実際は隣が親父の墓だったと知るのだが、それはそれ。

自分でも頭がおかしくなっているのはわかっていたが、それでも親父に対しては供養もしっかりしておかなければ、という真剣な想いだったのだ。

一度水を汲み直しに行って戻ってくると、自分がさっき墓にお備えしたはずの火のついた線香の束が、ブワッと三メートルぐらい飛び上がっているのが遠目に見えた。大した風もないのにどうして、と驚いた。とても自然現象とは思えない。

「なんで俺が自分の親父に墓参りしたらあかんのじゃー!」

武志は一帯に向かって叫んだ。

「やるなら今殺してくれー!」

上山組の人間が、嫌味でやったことだと思ったのだ。「おまえが墓参りすんな。そんな墓参りできる立場ちゃうやろ」と、備えた線香を放り飛ばしたのだと。

だが、あるいは池田の親父が怒っていたのかもしれない。クスリも断てず、何も変われていない今は「まだ来んな」と言って。

ともあれ――武志はそれから毎年、親父の墓参りを続けた。

何年も欠かさずに、ずっと、ずっと。

4　お詫びせなあかん

池田の親父への忠義を貫けなかった悔いを抱きつつも、武志の依存症生活は依然として続いた。ボサボサの頭髪によれよれのスーツという小汚い出で立ちで、どこへともなく徘徊して歩く毎日。瞳もぎらついており、何も知らない道行く人々にも、彼が正常でないことは一目瞭然だった。

そんなある日、自分に逮捕状が出されたという知らせが、武志の耳に入った。

罪状は薬物使用、ではなく傷害罪だった。

――事は数週間ほど前に遡る。

その日、武志は守口《もりぐち》にあるスナックビルを訪れていた。そこは以前ある人間から落とし前として権利を取ったビルで、武志はそのうちの一店舗を月二十万で江口《えぐち》という男に貸していた。江口はもう一人と共同オーナーのような立場で飲み屋をオープンし、今では雇った男を店長としてそこで働かせていた。

武志が訪れたのはこの飲み屋だ。いわば自分の店といったつもりでいたので、以前からときどき顔を出していたのだが、この日は接客をした雇われ店長がずいぶんと生意気な口を利いてくる。そこで武志は腹を立て、早々に店を出ることとなった。

ところがその晩、このところ寝床にしている友達の家に帰り着いても、まだ苛立ちが治まらない。これはもうあいつをどついたらな治まらん。そう思い、雇われ店長に電話を掛けて「店が終わったら来い」と呼びつけた。

ほどなく彼がやってくると、武志は友人宅に上がらせて玄関の鍵を閉めた。そして、

「俺に借りとる店で、俺に態度悪ぅしやがって！」

アイロンで頭をバァンと殴りつけた。二回、三回と殴った。そこでようやく熱が鎮まり、

「もうええわ、今後気ぃつけぇよ」と彼を帰したのだった。

――どうもそれが発展したらしい。

元々江口を紹介してくれたのは木元直だったのだが、江口が雇われ店長から話を聞いて、木元直に相談したらしいのだ。そこで警察に届け出ようとなったに違いなかった。

この頃の武志は日に何発もクスリを打っては勘繰りばかりして、おかしくなっていた。軽くケチをつけられただけで出刃包丁を持ち出し、相手の組事務所を襲いに行く始末。若い衆も皆警戒して距離を取り、すでに武志の元を次々に去っていっていた。木元直が、もう警察に言おう、と言い出しても無理はない。実際それが皆のためでもあり、いつまで経っても自力でクスリをやめられない武志自身のためでもあったのだ。

直を恨む気持ちはなかった。しかし、逮捕状が出たからには出頭しなければならない。とはいえ、シャブの罪も一緒になったらヤバイと思い、武志はしばらくクスリを抜いて身体をきれいにすることに努めた。そして一ヶ月後、警察に足を運んだのだった。

勾留後の取り調べで、あわや傷害罪だけでなく監禁罪の容疑まで掛けられそうになっ

それはどうにか免《まぬが》れた。雇われ店長は「逃げられないよう鍵を掛けられた」と主張したらしいが、武志にそんなつもりはなく、結果的に「自分はただ癖で鍵を掛けただけで」という武志の主張が信用された形だった。

傷害罪での起訴が決まると、幸い拘留二十二日で保釈が利いた。兄の上松茂が百五十万ほどの保釈金を払ってくれ、武志は警察署から出てくることとなった。

——だが、その後一週間ほどでクスリを打ってしまった。

そうなるとまた車を借りて徘徊したり、賭博をしたりの根無し草生活。無為な時間ばかりが過ぎていくこととなった。毎日声が聞こえてきて『早よ死んで詫び入れえ。ヤクザしててんやったら詫びの入れ方わかるやろ。自分の親分裏切ってきてんから』などと詰めてくる。

そのまま語るに足らない何ヶ月もが過ぎた。じきにクスリを打つ金もなくなり、四日、五日と経ったとき、収まり出していた声が不意にまた聞こえ始めて『このままで済むと思うなよ』と言った。

なまじクスリが抜けていたからだろう、武志はこの声をきっかけに、いろいろとこれまでの出来事を振り返り始めた。すると、どうにも池田の親父の温情が染みてくるのだった。

「あの親父が、俺に破門状出すんはずうっと待ってくれてたんやなぁ。そら、みんなに散々言われても仕方ないわ……」

武志は依然、自分に組の追い込みが掛かっていると思っていたし「自分にできることと言ったら」と考え、お詫びしようと思い至った。

「こんな体《てい》たらくで、ご先祖様にもお詫びせなあかん」

実家の近所にある先祖代々の墓をよく参りに行っていたので、そうも思った。

武志の実家は市営住宅の五階にあり、四階には次兄である北村隆美《たかみ》の家がある。最近はこの兄の家で寝泊まりをしていたので、ここがお詫び実行の現場となった。

五月のある日の昼日中《ひなか》。武志は兄が留守の間に畳の部屋で上半身裸になり、武士のように座を組んで包丁を逆手に握った。そのまま十分ほどだったろうか、いろいろと考えた。

なんでこんなことになってしまったのか。緒川とも高みで会おうと約束していたのに、今の自分はこのざまだ。だが、このままただずるずるといくわけにはいかない。自分の覚悟が本物であると、ただの薬中ではないと示してみせるのだ。

「見とけよぉぉッ!!」

雄叫びと同時に心で「親父、すんません!!」と唱え、武志は包丁で自分の腹を突き刺した。切腹のつもりだった。しかし、人体に刺さった刃をそのまま横に動かすことは容易ではない。痛みもどんどん響いてくる。武志は仕方なく刃を抜き、腹を切り裂く代わりにもう一度刺した。そして、さらにもう一度。

声が聞こえた。『それで死んだらアッパレや!』と。

武志は包丁を置いて立ち上がった。住居の畳の上に、大量の血液がボタボタと落ちる。

先祖にお詫びに行かなあかん。その一心で、武志は兄の家を出て先祖の墓に向かった。

市営住宅の団地から墓のある寺までは、ほんの二百メートルくらいだ。エレベーターで一階に下りて、その行程《こうてい》を歩き始める。腹部からは止めどなく大量の血液が流れ続けており、頭はくらり、意識は朦朧。いつ事切れてもおかしくない状態だった。

それでも気力を振り絞り、二十歩も歩いたところだろうか。声がした。

「北村っ⁉」

出どころ知れずの幻の声ではなく、現実の音声だ。

顔を上げて前方を見ると、そこには同じ団地に住む森《もり》という知人夫婦の姿があった。旦那のほうは元は池田の親父の舎弟で、今は彫師をしている人物だ。

「北村、どないしたんやー！　誰にやられてん！」

「誰にもやられてまへん。それより、墓……墓参りに」

「おまえ、無理やろ！」

森は駆け寄ってきて肩を貸すと、武志を実家に連れていった。武志はすでに自分の体重を支えるのも限界で、逆らう余力はなかった。

兄の家のすぐ上のフロア——五階の実家に着くと、武志の父母が出てきて「どないしたんや！」と大騒ぎになった。武志は玄関口で蹲ったまま動けず、今にも気を失ってしまいそうだった。どれくらい経ってのことか武志にはわからなかったが、やがて救急車が来た。森の奥さんが呼んでくれたらしい。そして武志は病院へ救急搬送された。

のちに聞いた話によると、付き添って病院を訪れた父は、医師から「傷が腸まで届いている可能性があるので、腸のところまで切り開いて」などと説明を受けたそうだ。そして、手術で命を落とすこととなっても異論ない旨、誓約書にサインをしたとのことだった。

結果的に手術に持ち堪《こた》えた武志だが、丸二日間、集中治療室で眠り続けることとなった。

目を覚ましたのは、自ら腹に刃を突き立てた日から三日後のことだ。

全部で二十七針の大手術。輸血二千cc。危ういところで一命を取り留めたのだった。

けれど、自分がもう一度目を覚ましたことを、武志は喜べなかった。詫びなければいけなかったのに、死ななければいけなかったのに、それが達成できなかった。死にきれなかった。感じるのはそんな歯痒さと悔しさばかりだった。

だが、武志はまだ諦めていなかった。

ほどなく一般病室に移されると、見舞いに来た舎弟に自分の鞄を持ってきてくれるよう頼んだ。それを受け取ると、中に普段から持ち歩いていた睡眠薬を三十錠ほど一気に飲んで死のうとした。まだ自分で自分が許せなかったのだ。――が、これも失敗に終わった。

胃洗浄やらなんやらをやられ、あくる日にもう一度、目を覚ましてしまった。

真っ白な病室の天井を呆然と見上げる。

外から聞こえる音や人の声が、酷く遠いものに感じられた。

生死の境を彷徨いつつも、志《こころざ》しは遂げられず生還。頭も気持ちも真っ白に燃え尽きたような状態でベッドに横たわるうち、時間だけがただ静かに過ぎていく。

「ああ、神さんがまだ生きろって言うとんのかなあ……」

無力感の中で呟く武志だった。

それから十日目に抜糸《ばっし》をする予定だった。ところがその前日、ほんの数日前にあんな大それたことをしたにもかかわらず、武志はまたしてもクスリをやった。それも病院の中でだ。

入院患者の一人に、たまたま姫路少年刑務所に入っていたときの知り合いがいた。そいつに頼んでクスリをもらい、打ったのだ。

また声が聞こえ始めて、寝間着にサンダル履きのまま、武志は病院を出ていった。

何十キロも歩いて淀川区まで行った。知り合いの声が聞こえたので、そいつが自分を悪く言っているのかと思い、そいつの家まで確認に行ったのだ。おまえが言ったのか、俺の勘違いなのか、と問いただすつもりだった。けれど相手は留守だった。

そこから病院まで、武志はまた歩いて帰った。サンダルはどこかにやってしまって、すでに裸足の状態だった。のちにして思えば、よく通報されたりしなかったものだと感じる。ともあれ、武志は自力で病室へと帰ってきた。すでに日付は翌日、抜糸の日になっていた。

抜糸が行われて一週間後、武志は退院した。裁判の日がすぐそこ、という日付だった。いろいろあって武志自身も失念しかけていたが、今は傷害罪の保釈中だったのだ。例の雇われ店長を原告として起訴されている裁判に出廷しなければいけない。

けれど、これは結果的に延期となった。弁護士が、全治二ヶ月の診断書を提出すると共に、この怪我の状態では出廷できないと裁判所に伝え、手続きをしてくれたのだ。

その後の傷の経過にもよるが、とりあえず裁判は二ヶ月後まで先延ばしと決まった。それが震災の翌年、六月のことだった。

しばしの静養《せいよう》を経て、じきに武志は普段の生活に戻った。

クスリの使用も含めて、普段通りの生活だった。賭博、幻聴、放浪、疑心暗鬼。全て織り込み済みの毎日がまたもや続く。しかし、もう自分でも疲れてきて、死にたいとも思っていた。あるときは飛び降り自殺も試みたが、これは怖くて実行できず終いだった。

「でも、このままどないしよ……」

そんな、もがくような日々の中で迎えた九月、偶然再会したのが玄太だった。愚連隊時代の弟分だ。武志は近況を尋ねられ、洗いざらい玄太に話した。

「兄貴、どないしまんねんや」

「……仕事、したいんや。それか、寺に籠って修行するか」

今や実の親兄弟にも見放され、持ち金もなくなっていた。何回もクスリをやめると言ってはやめないの繰り返しに、ついに父と兄も愛想が尽きたのだ。一度などは、やめると言う武志を元気づけようと兄が温泉に連れて行ってくれたのだが、武志はその最中にいなくなってクスリを打つという始末。見放されても致し方ない。

「玄太、今の俺は何か、クスリをやめるために何かせなあかんねや。もう、どろどろになって仕事したいんや。なんでもええんや。土方《どかた》でもなんでも、とにかく働きたいねん。なんでもええ、仕事やらしてくれ」

思わず、縋るように吐露した。すると、玄太は藪《やぶ》から棒にこんなことを言った。

「ほんなら兄貴、たこ焼き屋やりまっか？」

詳しく聞けば、玄太は今たこ焼き屋の運営をやっているのだという。といっても店舗を構えてのものではない。材料と調理設備を整えたワゴン車を用意して、それらを貸し出す移動販売のフランチャイズのようなものだ。やる気があるのなら武志にも一台貸して、調理販売をさせてくれるという。

「やらせてくれ！」

武志はこの誘いに飛びついた。

これまでに、クスリを断とうと何度も挑戦し、そのたびに失敗を重ねてきた。詫びよう死のうと思い、幸か不幸かこれも全て失敗した。このままではいけないとわかっていても、もうどうしたらいいのかもわからなくなっていた。元々の挑戦だった、極道として池田の親父を男にしてみせるという想いも、見るも無残な形に終わっている。

だが、今もう一度。

何もかも失ってしまった今、挑戦してみよう。

挑戦する。それしかないのだ。

「ほんなら兄貴、全部こっちで用意しますわ。頑張りましょうね！」

たこ焼き屋だろうがなんだろうが、やるしかない。

やらせてもらえるなんて、もう他にない唯一のチャンスなのだ。

頑張るしかない。

クスリをやめたい想いから、武志は決心した。

失敗すれば、後はない。

もう中毒者として野垂れ死んでいくしかない。

——こうしてギリギリの崖っぷち、武志の最後の挑戦が始まった。

5　労働を知る

「ええでっか兄貴、メリケン粉が三千八百円で、車の経費とか諸々合わすと一日五千円は納めてくれないとあきまへんで」

玄太の言うことに、武志は否応なく頷いた。

たこ焼き作りに関しては一日だけ習った。見よう見まねもいいところのボロボロの出来だったが、鉄板の熱気にあてられながら額に汗して懸命に調理をする体験は、あながち捨てたものではないと思えた。極道以外のことをするなんて、武志にしてみればとんとご無沙汰のこと。

十六のときにした中華屋チェーンのアルバイトは一週間もたなかったし、十八のときの引っ越し屋は十日くらいでやめた。労働はしんどいばかりでやりがいや楽しみを見出せなかったのだ。しかし、それが今は少しだけ違った。

出店場所は阪急の相川《あいかわ》駅前に決まった。そこに車を停めて夕方から開店してみると、これがわずか三時間で売り切れた。二十個五百円のたこ焼きの稼ぎは、しめて四千円ほど。店舗カーの駐車場に戻って玄太に報告すると、「兄貴、これもっと売れまっせ」と言われた。さらに「これメリケン粉、零《こぼ》しましたやろ」と、ミスもちゃっかり見抜かれてしまった。

駆け出しが好調だったことも背中を押すこととなり、武志はその日から毎日、相川駅前での出店を続けた。自分が汗水垂らして作ったものを知らない人たちが笑顔で買っていく。悪い気はしなかった。

「ありがとうございましたー」

溜まっていた客が捌《は》けきると、武志は顔を上げて、ふうと一息ついた。すると、その視界前方に一台の見覚えのある車が停まる。運転席から駆け下りた男が血相を変えてこちらに駆け寄ってきた。

「カシラー！」

それは池田興業で武志がカシラを務めていた当時に最若手だった組員の中西信二《なかにししんじ》だった。

「カシラ大丈夫ですか！　そんなんカシラにさせられません、僕がやります！」

「いやいや、待て信二」

信二を宥《なだ》めた武志だが、考えてみれば向こうが慌てているのも無理はない。行方のわからなくなっていた自分の組の元カシラが、気づけば駅前でたこ焼きを売っていたのだ。さぞかし驚いたことだろう。

「あんなあ信二、わし、やりたくてやってんねんや。今のわしはこんなとこからやらなあかんねん。どろどろになって働かなあかんねや」

武志はかいつまんで事情を説明すると、「せやから帰れ帰れ」と、気掛かり顔の信二をいなすように帰したのだった。しかし別れ際に「ありがとうな」という一言を忘れなかった。

信二と一緒に過ごしていた池田興業のカシラ時代は、今にすれば遠い過去の栄光だ。だがその遠い昔の頃の仲間が、今でもこんなふうに自分のことを想ってくれるということが、何より嬉しかった。気持ちに応えるためにも頑張らな、と武志は今一度気を引き締めた。

そんなこともあり、働き始めて一週間が経った日の夜。

営業を終えて実家に帰ると、父親から「話がある」と切り出された。聞けば、父は武志が働いているところをこっそり見に来ていたらしい。たこ焼き屋を始めると話したときには、また口だけだろうと真面目に取り合ってもいない様子だったのに。

「おまえ、本気でやるんやったら力になったるから」

もう完全に見捨てられていると思っていたが、父はそう言ってくれた。

「ほんまに頑張るんやったら、家の下でやるか」

そう提案した父は、翌日には市営住宅のブロック塀を取り壊して、そこにテントを立てた。

武志は中に生ビールのサーバーを持ち込み十名ほどが座れる席を作って、おでんの取り扱いも始め、たこ焼き屋の営業を再開した。

売り上げは一層好調になった。ほどなく中年女性二人を雇い入れ、三人でエプロンを巻いて働いた。労働をすることは決して楽ではなかったが、それでも楽しかった。

売り上げは、一日で七万円にのぼる日もあった。最低でも四万は稼げたので、おばちゃんたちにはいつも八千円ずつ渡していた。営業終わりに労《ねぎら》いと懇親を兼ねて一緒に飲みに行くこともあったりして、なかなかに充実した気分だった。

ところが一ヶ月ほど経った頃、武志が店に現れない日があった。おばちゃん二人だけでの営業が、そこから数日間続いた。その後も月に一、二回ほどそんなことがあった。

原因は、またしてもクスリだった。いまだ完全にはやめきれなかったのだ。

ひとたび打てば例によって羽が生えたようになってしまい、店のことなど頭から消え四日も五日も戻らない。毎日ではなかったという点だけが、どうにか人の世界に踏み留まれていると言える部分だった。

そうこうするうちに四ヶ月が過ぎ、武志は刑務所に行くことになった。切腹騒ぎで延期になっていた裁判が徐々に進み、傷害事件の判決が十ヶ月の実刑と決まったのだ。このとき武志は懲役に行くことを、ある意味で前向きに捉えていた。これでクスリをやめることができる、と。結局、自分の意思ではやめきれず終いの現状だが、監視の厳しい刑務所内ならクスリを打つような隙はない。これで戻ってきさえすれば、きっとまた新たに歩き出せる。そんなふうに感じていたのだった。

そこで、武志は刑に服す前にクスリを抜くと共に、ある一つの行動を起こした。

それは、郷田の伯父貴に連絡を取ることだった。電話を入れて「破門中の身である自分だが会わせてほしい」と頼み込むと、伯父貴は了承してくれた。待ち合わせた場所で会い、向こうのベンツの中に入って話をした。

「伯父貴……僕、イチから極道したいんです。若い衆として預かってもらえませんか」

たこ焼き屋は捨てたものではなかった。しかし、やはり自分は極道がしたい。池田の親父の下で頑張っていた頃、あの生活にどれほどの生き甲斐を感じられていたことか。

それに比べ、今はたとえクスリをやめられたところで何をするでもないのだ。しかしこれが、もう一度極道に戻ることができれば、また生き甲斐を感じられるのではないか。

クスリに溺れて破門になることさえろくに恐れず、ずるずると極道をやめてしまったが、今になってそれが大きな間違いであったと気づいたのだった。完全にクスリを断ち、そしてもう二度と薬中に戻らない。そのためには、自分にはあの生き甲斐が必要なのだ。

自分にとってはなくてはならないことなのだ、極道として生きることが。

「よっしゃ北村、俺が話したる」

郷田の伯父貴は気風《きっぷ》よくそう言ってくれた。

「おまえは今『港秀会の預かり』いう扱いになってるから、まずそこに話を入れなあかん」

破門後に業界で自分がどういう扱いになっているのかを、武志はこのとき初めて知った。よりによって好みでない港秀会なことにはげんなりしたが、郷田の伯父貴が口を利いてくれれば、伯父貴の下で再スタートをきれるかもしれない。

「とりあえず懲役行ってこい。刑務所では俺の若い衆だと言ってもええから。したら、おまえも希望が持てるやろ。おまえも頑張らなあかんからな」

「ありがとうございます、伯父貴。ほんまに、ありがとうございます」

郷田興業ならきっと水が合う。武志は心から救われた思いで礼を述べた。

ベンツが走り去った後、空を見上げると目の前が開けた気がした。

「刑務所から帰ったら、極道に戻れるんや……」

かくして、平成九年の一月。

武志は郷田の伯父貴の言葉を希望として胸に抱き、京都刑務所に入ったのだった。

6　極道への紆余曲折

同年七月。三十二歳になった武志は、京都刑務所から帰還した。

期せず初めにやることになったのは、離婚届に判を押すことだった。

二人目の妻である理恵は刑務所に一度面会に来てくれたのだが、そのときにはもう離婚すると話が決まっていた。それは傷害事件による逮捕後、警察から保釈された際のことだ。理恵と再び一緒に暮らし始めた矢先、武志はまたクスリをやってしまった。「もう一回だけ見てくれ」と頼んだが「あんたが我慢できへんの、私が我慢できるわけないやろ」と言われ、返す言葉もなく離婚することが決まったのだった。

出所後、離婚して独り身になった武志を、玄太が迎えに来てくれていた。

「兄貴、組持ちましょうよ。そしたらわしがカシラになって盛り上げますわ」

嬉しいことに玄太はそう言ってくれた。

武志は玄太と一緒にその足で、手土産を携え郷田興業の本部事務所に挨拶に行った。「伯父貴に、帰ってきたと伝えてほしい」と頼むと、早速その晩、郷田興業の当番長から武志に電話があった。

「うちの親父の言葉を伝えます」

話し出した相手の言葉に、武志は胸の鼓動を高鳴らせ聞き入ったが、その内容は武志が期待していたものとは異なっていた。結局、港秀会の会長と話がつかなかったというのだ。

郷田の伯父貴は会長に『いや、北村《あいつ》は絶対渡しまへん。そっちに逃がしまへん』と言われたらしい。郷田の伯父貴ほどの人物が話しても無理だったというのだから、武志がいかにこれまで方々に迷惑を掛けてきたかが知れるというものだった。

伯父貴も、有言実行とならず不本意だったことだろう。だが詰まるところ武志に届けられた言葉は『極道には戻れるから、今回は港秀会に行って頑張れ』だった。

ショックだった。港秀会にだけは絶対に行きたくなかったのだ。

「北村さん行きなはれや、うちの親父の言葉やさかい」

郷田興業の当番長からはそう言われたが、とてもハイとは言えなかった。

「ああ……港秀会ですか……」

呆然とそう言った後、「考えさしてもらいます」と言って武志はすぐに電話を切った。

ここでハイと言ったら最後、本当に港秀会に行かなければならなくなってしまう。最後の抵抗だった。だが、これによって武志は極道に戻るきっかけを失ってしまったのだった。


それから三ヶ月ほど、進展のない日々が続いた。しかし、武志の元には徐々に以前子分だった者たちが戻りつつあった。自分の若い衆だった者、池田の兄弟分だった者、刑務所から出てきた舎弟など、その数は十人ほどになっていた。

――こいつら食わしていかなあかんけど、代紋も持ってへんし、どないしよ。

武志はそんな悩みを持ちながら、ひとまずは若い衆にたこ焼き屋の番をさせていた。「しのぎもないから、たこ焼きせえ」と。それで「おまえら、とりあえずこれで飯食え」と、三千円か四千円くらいを渡す毎日だった。

どんどん若い衆が増えてきて焦る中、ある日、玄太がこんなことを言った。

「兄貴、どうせ何もせんのやったら、右翼団体の顧問でもしたらどうですか？」

以前親交の深かった木元直――武志の最初の弟分で一番かわいがっていた彼が、この頃、東大阪連合会に属する〈東水会《とうすい》〉のカシラ補佐になっていた。さらに上新庄《かみしんじょう》で〈心水社《しんすい》〉という右翼団体を作り活動しているという話なのだ。

「木元の兄弟には、わしが口利きますから」

武志が玄太の勧めに従うと、話は意外にもとんとん拍子で進んでいった。どうも木元も港秀会の会長同様、郷田のところに武志をやりたくなかったらしい。こちらに武志を留めておけるならと思ったのだろう、武志を本当に右翼団体の顧問に据えてくれたのだった。

それからというもの、武志は真面目に顧問の務めを果たしつつ、郷田興業に行く機会を窺う思いで日々を送っていたのだが……数ヶ月が過ぎた頃。

玄太が、よりによってその郷田興業と揉め事を起こした。玄太はその際、相手に自分のことを「東連のもんじゃ！」と名乗ってもいた。武志としては、一時的に東大阪連合会に世話になっている身で名前を出したら迷惑が掛かると思ったのだが、止める間もない出来事だった。

結局そのときは木元直が来てくれたことで、壁の修理代を払うという程度で収まった。

とはいえ、武志の置かれた状況は複雑化したのだった。

武志は本来、港秀会に行かなければいけない立場。けれど今世話になっている東連に迷惑を掛けた。本当に行きたいのは郷田興業なのに、そことは揉めてしまった。それはまさに頭を抱えたくなるような状況だった。

武志は後日、郷田の本部長から連絡を受け、修理代金を持って指定された大阪ミナミの居酒屋を訪れた。

「北村くん、久しぶりやなあ。よかったら、わしがもう一度うちの親父に言ったるから、うちおいでえ。今度はどんなことでも話つけるように親父に頼んだるわ」

ありがたいことに、郷田興業の本部長はそんなふうに言ってくれた。けれど、現在武志が置かれているのは先の通りの状況だ。お願いしますとも言えない。

「すみません。今、東連系列の右翼の顧問やってますんで……喉から手が出る気持ちは山々やけど、今はお世話になってるそこに義理悪いことはできないんで」

武志はそう返した。そしてさらに「一生そっち行くことはできんと思うんですけど、わざわざ言うてくれてほんまにありがとうございます」と礼を述べて席を辞したのだった。

ところが、話はまだ流転する。

それからまた数ヶ月が過ぎた頃、木元直が刑事事件で逮捕され、業界から姿を消すことになってしまったのだ。これにより心水社は空中分解目前といった状態に落ち込んだ。そのとき、東水会でカシラを務めていた人物——新川《しんかわ》から武志に声が掛かった。

曰く、「うちの親父と会いませんか？」とのこと。東水会の会長に会えば、自分のところに来ないかという誘いがもらえるかもしれない。例えそうでなくても、きっと何かしらのチャンスにはなるはずだ。武志はそう推察した。

誘ってもらえれば、港秀会から解放されたい武志にとってはこの上なくありがたい。が、郷田の伯父貴が無理だったこともあり、正直無理だろうとも思っていた。そこでそのときは頷く程度に留めておいたのだが、しかし後日、武志は先方——東大阪連合会のカシラにして東水会の会長である木下晃《きのしたあきら》が改めて「北村に会わせろ」と言っているとのことで、彼と直接会って話をすることになった。

木下は池田の事務所に来訪することもあったので面識のある人物だったが、会うのは六、七年ぶりになる。それに、当時から向こうは直系一番手の組であるのに対し、池田興業は八十番台。石高《こくだか》に例えるならこちらが最盛期で六万石といったところ、先方は百万石というほどに間の離れた存在。実力の差に大きな隔たりがある。そんな事情もあり、平成十年の三月――木下会長と対面した武志の面持ちは、緊張に強張っていた。

「久しぶりやなあ」

「ご無沙汰してます。その節は」

「どないや、まだヤクザしたいんか？　復縁したいんやったら、わしが話をつけたるぞ」

以前はなんとしてでも郷田興業に行きたいと思っていた武志だが、すでに玄太の揉め事の件もある。このときにはもう郷田興業への未練には、完全にケリをつけてあった。

「お願い、できますか」

武志は木下の言葉に間髪入れず、凜としてそう言った。

「よしわかった！」

木下は快活に言った。

「わしが向こうと話するから、今は喧嘩もせんとおとなしくしとってくれ。頼むぞ」

そう話した木下の手腕は大したものだった。さすがは上山組東大阪連合会の若頭、兄貴筋である港秀会の会長を、三ヶ月後には見事説得してみせた。

各団体にはそれぞれカラーとも言える特徴があるのだが、それが功を奏した部分もあったようだ。例えば郷田興業は揉め事も多く、賑やかでなんでも来いな気風《きふう》がある。郷田の伯父貴こそ男らしいものの、若い衆には無茶する者が多かった。武志自身は愚連隊気質だったのでそんな郷田興業に行きたかったのだが、港秀会の会長はそんなところには行かさんとばかりにこれを阻止したわけだ。ところが、今回武志を引き取ると言い出したのは東大阪連合会。こちらは郷田興業と違い、どちらかというと紳士な組だった。自分のところの喧嘩は小さく終わらせ、人の喧嘩には率先して助けに行く。その気風は執行部に対してもウケがよかった。港秀会の会長も、あの東連のカシラが言うなら間違いない、と思ったのだろう。武志が東大阪連合会所属になることを許してくれたのだった。

こうして、武志は自分の兄貴分となった木下晃に連れられ、東連の会長に会わせてもらう運びとなった。それから、迷惑を掛けた方々への配慮などもあり少々の時間は掛かったものの、秋には正式に破門を解かれて復縁となり、武志はついに極道に返り咲くことができたのだった。

そして、重要なことがもう一つ。これらの出来事が起こった間、武志はクスリを一切やらずに過ごすことに成功していた。ここが正念場だと自分でもわかっていたのだ。

今度こそ、一人前の極道として立派にやっていこう。

武志は固く心に誓っていた。

木下のことは兄貴とは呼ばず、あえて親父と呼ぶことにした。今度こそ自分の親分を裏切ることなくやっていくのだ、という想いで。

——ここに、北村武志の新たな挑戦が始まったのだった。

第四章　挑戦者篇

1　イチからの再挑戦

やっと……やっと念願のヤクザに戻れた。

そう武者震いする武志にまず任されたのは、いなくなった木元直に代わり、心水社の会長を務めることだった。とはいえ、以前のメンバーはもうそこにおらず、十五人ほどいる人員は全て武志の舎弟たち。看板こそ右翼団体当時のままだったが、扱いも組の一つに変わって実質「北村組」と言っても過言ではない。これで、たこ焼き屋の手伝いをさせていた者たちにもようやく花を持たせてやることができる、と思った。

「よっしゃ、今からや。今からが第二の出発や」

そう息巻く武志の前に、早速の腕の見せどころとでもいうような揉め事が起こる。武志が三十三歳のとき、それは題するならば「東《ひがし》三《み》国《くに》乱闘事件」とでもいうようなものだった。

ある晩のこと、武志は舎弟の一人と東三国にある店に飲みに出ていた。

ところが、マンションの一フロアにあるこの店の上階がどうにも騒がしい。連れである武志の舎弟が堪り兼ねて階段のほうに首を出し、声を荒らげた。

「うるさいわあ、こらあ！」

するとと上階から「なんじゃいこらあ！」と怒鳴り声を上げて、四人の男が駆け下りてきた。武志は一見して、こいつら全員が自分らと同じヤクザ者だとわかった。

「どこのもんじゃー！」と叫ぶと「藤川じゃあ！」と返ってくる。どうやら、こちらと同じ明石組らしい。武志は「こっちは東連じゃこらー！」と返した。それで事態にブレーキが掛かるかと思っていたのだが、次の瞬間――

上階から飛び蹴りをかまされて舎弟が階段を転がり落ちた。武志は「あかん！」と思い、一目散に駆け出した。相手からすれば、仲間を捨てて遁走《とんそう》したように見えたかもしれない。しかし、武志に限ってそんなことはあり得なかった。

武志は近隣にある顔見知りのキャバクラ店に飛び込んだ。真っ直ぐ厨房へ行って出刃包丁を手にすると、元の場所まで息つく間もなく取って返す。舎弟は四人掛かりで寄ってたかって殴り倒されていた。武志は迷わず、敵の一人を出刃包丁で切りつけた。一行が怯んだ隙に二人目を捕まえて首元を刺し、馬乗りになって背中にも二ヶ所お見舞いした。

「おまえこらぁ！」

武志が怒鳴りながら畳み掛けるうちに、残りの二人はほうほうの体《てい》で逃げ出していく。よろよろと上体を起こした武志の舎弟は呟いた。

「な、何が起こったかわからんけど、逆転してる……」

武志は彼の手を素早く取って立ち上がらせると、「いくぞ、栄一！」と肩を貸して走り出した。この騒ぎではすぐに警察がやってくる。喧嘩に勝ったが、それで捕まってしまったのではお粗末が過ぎるというものだ。

すでに衆目《しゅうもく》が集まり始めていたが、風俗街の黒服たちは皆、武志のことをわかっている。普段から世話をしていることもあるので、下手に告げ口をすることはないだろう。武志はタクシーを捕まえて、首尾よく現場を離れた。

――しかし、これはなかなかの騒ぎや。会長に言っとかなあかんな。

そう思った武志は、もう夜中の十二時過ぎであるのも構わず、すぐさま東大阪連合会若頭、木下会長に電話を入れた。

「会長すみません、ちょっと揉めました。……はい、向こうも明石組で……藤川、言うてました。……こっちも名乗ってます」

「相手どないやねん」

「ちょっと刺しました」

「おまえほんまか。よし、ちょっと待っとけ」

そんなやりとりをして電話を切った。その三十分後、今度は会長のほうから電話があった。

「おまえ、藤川から東連の本部に電話入ってるぞ。すぐ動ける態勢にしとけ。これは揉め事になるからな」

聞けば、武志がやりあった二人は救急車で運ばれて大騒ぎらしい。のちに聞いたところでは一人が十数針で、もう一人は八十針を越える大手術になったそうだ。

「おんどれえ、何がちょっと刺したじゃあこらー！」

そう会長にはどやされたが、結局この件がそれ以上に大きくなることはなかった。やり合った東三国の現場には警察も来たようだが、風俗街の黒服たちが武志の名前を出すことはなかったという。

——北村ってやつ、やりよるな。

この出来事以降、そんなセリフが東大阪連合会の本部界隈で聞こえてくるようになった。極道に復帰して早々、武志は上の人間から一目置かれる存在になったのだ。

この件のおかげもあり、みんなが武志のためによく動いてくれるようになった。いろいろ頼られることも多くなり、そのたびに必ず話をつけてきたり勝ってきたりするので、武志の評価は順調に上がっていった。

一度はクスリに溺れた挙句に破門され、全ての信頼を失った武志であったが、クスリと手を切った今、新たに信用を取り戻しつつあるのだった。

武志はとんとん拍子と言っていい速度で出世していった。

極道復帰から一ヶ月で舎弟頭補佐、三ヶ月で舎弟頭。位《くらい》こそ四次、五次団体ではあるけれど、そんなことは重要ではない。力があれば勝つ。それが武志の哲学だった。武志は自分のところの者に「枝の枝だろうが直轄だろうが関係ない。引くな」と日々言っていた。

その教えを守る舎弟たちの頑張りにも背中を押され、武志自身もその心意気を自らの背中で見せて、武志はついに東水会のカシラにまで上り詰めたのだった。

——心のどこかで安心した。

池田興業時代にも負けないくらいの地位と信頼とを得ることができた武志は、そのときそう感じたという。……だが、安心とは心の緩みでもあった。

武志は、またクスリをやってしまった。十ヶ月ぶりのことだった。あと少しで一年、もう二度と使うことはないと自分でも信じて疑いもしなかったというのに。

自分はなんてことをしてしまったのか。

武志はすぐにそう後悔した。もうカシラにもなっているのに、このままではまた以前の二の舞になってしまう。そう危惧した武志は、意を決して木下の親父に正直に打ち明けることにした。一回くらい大丈夫や、と言って止めようとする者もいたが、武志は曲げなかった。

「親父に迷惑掛けられへん。堂々と言う」

何より自分自身が許せなかった。指を切って親父のところに持っていった。指を渡すと共に事情を伝えると、木下の親父は「わかった、この指は預かる」と言った。そして「一旦、カシラから降りろ」と言われた武志は、素直に降格処分を受け入れたのだった。

けれど、それからほんの一ヶ月後には、親父はまた武志をカシラに指名してくれた。それだけ武志という男を買ってくれていた、ということなのだろう。だが、その想いは結果的に裏目に出てしまったのかもしれなかった。

武志はカシラに返り咲いてからすぐ、またクスリに手を出してしまったのだ。

自責の念は前回の比ではなかった。武志は一人の部屋で頭を抱え、唸った。

「なんでまたやってもうたんや……」

悶えながらも、また以前のように武志はおかしくなり始めていた。

瞬く間に組事務所に顔を出さなくなり、三日、五日、十日と時が過ぎていった。どうしたらいいのかわからず行動を起こせないでいるうちにも、皆が自分を探しているという連絡が入る。

……このままやったらほんまに、自分自身……このままやったらあかん。……あかん。あかん。ちゃんとせな、あかん。

やってもうたんやから……もう指詰める問題やない。こんだけ若い衆もほったらかしにして、連絡取れなくなって……なんちゅう親分や自分は……俺には……そんな資格ない。

ぐわんぐわんと頭の中を、マイナスの思考が巡り巡った。しかし反対に、頭のどこか片隅で「いや、自分にはまだやれる」という想いもわずかに存在していた。

自分自身を問い詰める。おまえ、このままでええんか！　――と。

「せや。イチかバチか……」

武志は思った。自分のことを試そうと。

このままだったらどうせ破門。絶縁になってしまう。

自分にはこの世界しかない。だが、このままではダメだ。自分に罰を与えないといけない。

もしこれで試してあかんかったら、そのまま死ぬか生きるかどっちかにしよう。

そう決心した武志は、その身を新大阪にあるビジネスホテルの一室に移した。小さなホテルだ。そこで、三十八口径のリボルバー拳銃に一発だけ弾を込めた。

銃は数ヶ月前に東大阪連合に抗争があった際、護身用に仕入れてあったものだった。それがよもや、こういう形で使用することになろうとは、当時は露ほども考えていなかった。

武志は、カラカラカラッとシリンダーを回転させ、回転が止まらないうちにカチャッと銃にセットした。これで、もう何発目の薬室に弾が装填されているのかはわからない。

ロシアンルーレットだ。

おかしくなりながらも、腹はもう括れていた。

武志は銃口をすぐに自分のこめかみに宛てがった。

「うおおおぉぉーー!!」

咆哮と共に一気に引き金を引く。

結果は……空砲だった。純粋に運だけが左右する、生きるか死ぬかの瀬戸際を、武志は生きて切り抜けたのだった。――が。

あまりにも呆気なかった。武志の中に、まだ納得できていない自分がいた。

――もう一回だけやろう。それで弾が出なかったら「まだ生きろ」ということだ。そのときは木下の親父に連絡を入れて「イチからやります」と頼もう。

武志は改めてそう決めた。自分自身で納得がいくまで引けない。引かない。いつの日も揺るがず、それが北村武志という男だった。

「よっしゃあ!」

武志は気合いの一声を発した。ところが、二発目の引き金がなかなか引けない。

銃口をこめかみに押しつけたまま、二分、三分と時間が過ぎていった。

先ほどは六分の一だった確率が、今度は五分の一。その確率で、自分は本当に死ぬのだ。

……逃げたい。

理性か本能か、頭か身体か、どこかが悲鳴を上げるようにそう叫んでいた。

けれど、逃げるわけにはいかない。ここで逃げたところで何も変わらないことは、自分自身が一番わかっている。以前から、クスリをやめると決めてはやめきれず、何度も何度も際限なく堂々巡りの今なのだ。自分で決めたことを守る。その意志を貫く。

引くな、引き下がるな――それは、下の者たちにも教えてきたことだった。

「おおおおおおおぉぉぉぉぉッ!!」

引き金を引く瞬間、手首が無意識のうちにぐっと動いた。銃口をわずかに頭部からずらすように。一瞬が、まるで何十秒かのようだった。

結果は、またしても空砲だった。

凄まじい葛藤の跡は、脂汗となって全身をじっとりと濡らしていた。

「ああ……助かった……」

我知らず、そんな言葉が口から零れていた。


助かった、なんですよね、ほんま。死ななあかん、死んで五分五分やと思っとったのに

……。二回目は、もう本音でしょうね、その助かったいうのが。

どっと脱力した武志だが、頭の靄《もや》が晴れたようになったのも事実だった。

自分で決めたからにはやろう、親父に連絡を取ろう。

武志は木下の親父に連絡を入れた。

「おお、おまえか」

武志の決心に反して親父の声は、なんやこいつ、と言わんばかりの呆れた調子だった。身構えていたこちらが拍子抜けするほど、さして怒られもしなかった。

すでに見限られていたのかもしれない。だが、それでは終われない。見限られていたならそれで、そこから今から、もう一度信頼を取り戻していかなければいけないのだ。自分にできることはそれしかない。

「迷惑ばかり掛けてすみません。ほんまにすみませんでした。……最後、もう一回チャンスもらえませんか？」

「おまえ、『部屋住み』からなんでもできるか？」

〈部屋住み〉というのは、詰め所なり事務所なり、部屋住みする場所の人間の身の回りの世話をひたすらやり、掃除や賄い作りや雑務の全てをやる。本来は、その中でヤクザとしての礼儀作法や所作などを学んでいくという、いわば下積み修業。見習いも見習いなのだが……親父はそれが今のおまえにできるのか、と問うているのだった。

東水会のカシラであり心水社の会長でもある自分が、一番下から、本当の本当に振り出しから、再スタートできるのか。その覚悟があるのか。

「できます。イチからなんでもやります」

武志はそう答えた。脳裏には、雑念もよぎった。しんどいぞこれは、と。けれど、それ以外に道はない。そのしんどいところからやり直さなければならないほどのことを、自分はもうしでかしてしまったのだから。

「ほんまか。ほんなら明日電話するから、家で待っとけ。おまえ、ほんまちゃんとせえよ」

親父はそう言って電話を切った。

まさか三十三歳にもなって、今さら部屋住みに行くことになろうとは。武志は呆然とした。どこに詰めることになるのだろうか。もし本部ともなれば、盆暮れ正月も休みなく、ずっとそこに詰めていなければならない。

だが、なんとか首の皮一枚繋がったのは幸いだ。

そう思いつつ、武志は使い終わった銃の弾倉を開いてみる。すると、驚いたことに次の一発にあたる薬室に弾が入っていた。

さすがに三回目はしなかったが、紙一重だったのだ。つい先刻、もし、まだやろうと考えていたら……あるいは、二発目で頭から銃口を大きく離すような逃げをしでかし、改めての三発目に臨んでいたりしたならば……死んでいた。

本当に、自分は紙一重で生き延びたのだ。自分は、天に生かされたのだ。

武志は、そう実感を得た。けれど、大事なのは、まだまだここから。

その晩、武志は自分がこれからどこに行かされることになるか、という気掛かりを抱いて眠ることとなった。そして、翌日に判明したその答えは、武志の予想の斜め上を行くものだったのだが……。

今にして思うと、よくあんなん辛抱したな、思いますわ。意地でも極道に戻りたかったんでしょうね。まあ、あそこがまた一つの分岐点やったんやと思いますわ。

2　ゼロからの新天地

木下の親父に、部屋住みでもなんでもやる、と宣言した翌朝。

指示された通り武志が自宅で音沙汰を待っていると、二人の幹部が訪ねてきた。会長である木下の弟分で、武志の暖簾兄弟にあたる本田《ほんだ》と、カシラ補佐の新川という男たちだ。

「北村の兄弟、今から東京行くぞ」

「ええっ⁉」

彼らの言葉は全くもって寝耳に水で、武志は思わず声を上げてしまった。

「なんや？　なんでもする覚悟あるんやろ？」

まさか大阪を離れることになろうとは、考えてもみなかった。しかし彼らの言う通り、自分は昨晩親父になんでもする覚悟があると表明している。頷くほかになかった。

急いで荷物だけまとめて、二人に連れられ新大阪の駅へ向かう。

新川とはここで別れて、あとは本田と二人で新幹線に乗り、そのまま東京へ移動した。

到着した先は、東京にいる木下会長の弟分、香川《かがわ》のところだった。香川は武志も以前から付き合いのある人物だ。向こうはヒラでこちらは代ガシからカシラにまでなっていたので、そもそも立場としては武志のほうが格上だったのだが、彼の預かりという形で舎弟となり東京で尽力するように、というのが親父の指示だという。部屋住みでこそなかったものの、ペーペーとなり枝組織の若い衆からやれ、というのだ。

これまで香川に対して「おい、兄弟」だったのが、今後は「兄貴」と呼ばなければならない。著しい関係性の変化に、武志は苦渋の想いだった。

武志の新たな立場は、東大阪連合会東水会、香川興業の舎弟。これまで、武志が親分を務めていた心水社は香川興業と横並びの立場だった。同輩の中で十四、五人もの若い衆を抱え自分の組を持っているのは武志だけで、会長もそれを鼻が高いと言っていたのに、これを機に、心水社は自然消滅。自分の舎弟たちは三々五々に散っていくこととなってしまった。まるで池田興業時代、クスリによって暴走した自分から舎弟たちが去っていったときのようだった。

武志は東京の裏通りにあるぼろぼろのホテルに住み、香川の舎弟として暮らし始めた。

ちょっとして兄弟分の本田から、木下の親父の言葉を伝えられた。曰く「喧嘩して本部に迷惑掛けたらあかんぞ。組に迷惑掛けたらあかん。せやからおとなしくしとけ」とのこと。本田自身からも、釘を刺すように同じことを言われた。

「はい、わかりました」と素直に答えた武志だったが、かといってじっとしているだけでは金が入ってこない。香川は「兄弟、困ったことがあったら何でも言いや」と言ってくれ、何度も飯を奢ってくれた。しかし毎日三食世話になるわけにもいかないし、ましてや飯はいいとしても小遣いをもらうわけにはいかない。

……このままではいかん、飯食われへん。金儲けせな。何かせな。

切迫感に駆り立てられた武志は、ほどなく行動を開始した。

東京は大阪と違って、縄張りが決まっている。大阪のようにビルごとに管理している組が違うというようなことはなく、一帯ごとに各組が管理している。いわゆる「島」が決まっているのだ。そして、その島に入っていくのが大変や、と言われていた。

当時の東京には、デートクラブやストリップ劇場などといった女関係の店がごまんとあり、売春を行うコロンビア人の女の子や売春斡旋の仲介業者なども存在していた。香川はそういった業者を十社いたら三から四社にまとめあげ、そこから毎月十万から二十万ほどのみかじめ料を回収していた。

武志はまず香川の付き合いの人たちから紹介してもらって、そういう人たちと交流を持つようになった。日々出入りをしていると、ほどなく取り立ての依頼やちょっとした仕事の依頼が舞い込むようになった。武志は選り好《えごの》みすることなく「行きますやります」と言って、ひとしきり請け負った。こういう隙間産業のようなところに、わずかながらうまいこと島に入り込んでいく余地があったのだ。香川興業の仲間が口を揃えて「そこに入っていくのは無理だ」というところでも、武志は「いや行ってきたる」と切り込んでいった。そして、毎月五万ずつでも得られるようにして、コツコツとしのぎを続けていった。

もちろん揉め事になることもあった。そんなときは、手ぶらではいけないのでコンビニで買ったナイフを胸に一本忍ばせて、相手との場に臨んだ。香川は「わし行かんでよろしいでっか？」と言ってくれたりもしたが「任しといてください。わし一人で大丈夫です」と断って、相手が五人だろうと何人だろうと、武志は毎回自分一人で対処した。虚勢を張ったわけではなく、親父の言いつけ通り「迷惑掛けたらあかん」と思っていたのだった。

揉めるなとも言われてはいたのだが、それはさすがに無理な話だった。揉め事を恐れるような気持ちでは、何も勝ち得ることができない。武志はむしろ、常に捨て身の精神だった。自分は慣れない東京という土地で、武器も金も地位もなく、裸一貫《はだかいっかん》同然なのだ。ここで腹を括らなければ――身体を張ってしのぎを立ち行かせなければ、金は永遠に入ってこない。

相手にもそういう本気は自然と伝わるものだ。

「うちの顔も立ててくれ、おたくの顔も立てるから」と武志が交渉を始め、「わかってくれな喧嘩するしかありまへんねん、わしら捨て身で来てまんねん」と詰め寄ると、向こうも最終的には「わかりました北村さん。あんたの顔を立てて、ここは折半しましょう」となるのが常だった。それは代紋のおかげもあれば、武志の気概もあってのことだったろう。

五万の用心棒代を折半にしたり、店のあがりの十万を半分ずつにしたりと、お互いの面子を潰さずに済む形で話を落着させ、武志は少しずつ相手の島に食い込んでいった。

そんなこんなが十件二十件と増えていき、じきに界隈では「北村さんに頼めば話が早い」などと噂に上るようになっていき……

ある日、大きな仕事の話が舞い込むこととなった。

それは「二千万円の回収」という、武志の極道史上でも稀にみる巨額の案件だった。


その昔、安斉明《あんざいあきら》という有名な映画スターの俳優がいた。

彼は元々、終戦後に学生ばかり三百人ほどを集めて南興業という組を立ち上げた、ヤクザの親分だった。銃撃事件で懲役を経て組を解散し、その後、映画スターになったのだ。彼は当時の東京では、世間一般にも広く名の知れた人物だった。

その安斉明の息子が当時、安斉企画というビデオの制作会社をやっていた。Vシネマなどを主に作っていたのだが、これがあちこちで借金をして返さないのだという。

武志はよく行くラウンジの社長から「いや実はこういうことがあるんですよ」と聞かされ、その事実を知った。その社長はこう話を続ける。

「私の連れの話を一回聞いたってくれませんか。なかなか地元の方は安斉さんのお父さんの顔もあるし、力になってくれなくて。ヤクザもよう行かんのですわ」

「いや、誰んとこでもわしは行きまっせ」

武志は物怖じすることなくそう言った。そして後日、彼が「連れ」と言った別会社の社長と会って話をすることになった。曰く、安斉の息子に個人的に一千万円を二回貸して、返ってこないとのこと。すぐ返す、半年で返す、などと言われ続け、もう二年にもなるという。

「地元の組織に取り立てを頼んでも、父親の安斉明の名が凄すぎて誰も引き受けてくれないんです……たぶん取り立てに行くと実際に出てくるのは稲元会の一本杉とか、東京連合とか、父親の元弟分たちじゃないかと思うんですが……」

ひとしきりを静かに聞いていた武志は、そこで口を開いた。

「いや、うちは関係おまへん。関西のもんやし、これからも極道一本でやってくつもりですから、攻める一方ですわ。挑戦します」

こうして、彼からの取り立て依頼を正式に請け負うこととなった。

事務所に戻った武志はこの件を香川と本田に話し、「一緒に行こうや」と声を掛けた。この二人も正味《しょうみ》、それほどしのぎがうまいわけではない。今回の件はビッグネームの関係者を相手取る危険こそあれ、あがりの大きな仕事だ。それに誘うことで少しでもお世話になった分の恩返しになればと思ってのことだった。

武志は「わしが音頭《おんど》とって金はもらうけど、その分兄貴たちにもちゃんと金は渡しまっさかいに」と話し、香川と本田と共に渋谷にある安斉企画の事務所へとアポなしで乗り込んでいった。

ついていたのは、そのとき当の安斉の息子がたまたま事務所にいたことだ。こちらの物言いに対して、当初相手はのらりくらりだったが、「こらあ、どっちやねん」と詰め寄ると、終いには「わかりました、払います。支払いの仕方はちょっと考えさせてください」と言った。そこでその日は帰ったのだが、何日経っても一向に連絡がない。ならば仕方あるまいと、後日再び安斉企画事務所へ突撃することになった。

「わしも捨て身で来とるんや。他の人間と同じ思うとったら大間違いやぞ」

「うちは返すまで付け回しますよ」

武志と香川が口々にプレッシャーを掛けると、安斉の息子はその場ですぐにお偉いさんに電話をして、金の用意を頼んでみせた。結果、その日のうちに五百万円を回収することができた。その後、日を追ってもう五百万、一千万と、金はちゃんと支払われ、一ヶ月で二千万円、まるっと回収に成功したのだった。

蓋を開けてみれば、噂されていた件《くだん》の筋者《すじもの》は揉め事になるどころか登場もしなかった。

武志たちは回収した金を依頼主と折半し、一千万を報酬として受け取った。そこから武志が「わしはちょっと多くもらいまっせ」と四百取って、香川と本田が三百ずつ持っていったのだった。

この一件があってから、界隈では武志の名がいや増して噂に上るようになった。あの北村さんは話をつけるのが早い、お金もすぐしつける、と。池袋のラウンジや風俗店の社長連中が、次に出す店の件などを次々武志にお願いしてくるようになった。そうして武志の元には、これもありますあれもありますと、ひっきりなしに仕事が舞い込むようになったのだった。

新天地でのしのぎが軌道に乗ってきた武志だが、変に増長することはなく、再起の足掛かりをくれた香川への感謝を忘れなかった。親父の指示とはいえ、問題児の自分を受け入れ、威張ることもなく面倒を見てくれた。武志は東京に来てから一ヶ月ほどでマンション住まいになったのだが、それまで香川が、旅館、カプセルホテル、ポン中浸りのホテル等々、安宿を見繕ってくれたことにも助けられた。そういった数々への恩返しと思って、武志はまとまった金が入る都度《つど》、半分なり三分の一なりの額を香川に渡していた。

そうこう日々を過ごすうちに、さらなる発展の機会が武志に訪れる。

きっかけは、面倒を見てやったある男の一言だった。

「タノモシするんやったら力になりましょか、北村さん」

頼る母に子ども、と書いて頼母子《たのもし》と読む。

現代ではあまり聞かなくなったが、それは鎌倉時代に始まり江戸時代に流行したとされる民間の金融互助《ごじょ》会合のことだ。頼母子講《こう》や無尽《むじん》講などと呼ばれることもある。

武志は金の入りを増やすため、これを始めることにした。

月に一度、参加する旦那衆十五人ほどが集まり、まず一定の金額を出し合う。武志が親を務める会では、一人十万円と決めた。こうして百五十万が集まると、次は入札を行う。

紙に一番低い額を書いて入札した者が落札者となり、総額の百五十万から入札額分だけ借りていくことができる。百五十万から落札額を引いた差額は、残りの十四人で折半して持ち帰る。つまり、落札額が百三十六万なら、落札者がそれだけ借用して帰り、残額十四万円は残りのメンツ十四人で折半し、いわば利息として一万ずつ懐に入れる、ということだ。

ただ、借りていった本人は百三十六万で借りても、後日返すときは百五十万きっちりを返すこととなる。借りる際には当然多少の出費にはなるが、まとまった金を簡単に用意することができるという点で利用価値は高く、借りないならば借りないで積立《つみたて》貯金さながらに利息で儲けることができる、実に民間互助らしいシステムだった。

これを人数分の月数開催したところで、会は解散となる。十五人ならば十五ヶ月で解散、ということだ。なお、主催者である「親」だけはこのうち一度だけ、総額を丸取りできる。

武志はこの頼母子を、同時に何口もやった。四口を主催して、八口に参加して、といった具合にし、日々大きな金額を回すようにしていった。

かたや、取り立てや面倒見をしてやっている者たちからの上納金も増えてきて、毎月百数十万ほどが入ってくるようになった。

そんなこんなで日々頑張っていると、元の自分の若い衆からちらほら連絡が入るようになり、一人二人とまた自分の下に舎弟が集まってきた。

組をしていれば何かと金が要る。いい服も着たいし、いい車にも乗りたい。付き合いも増えた分、飲み代もかさむようになったし、さらには戻ってきた舎弟たちにも飯を食わしてやらなければならない。武志は一層熱心に、しのぎに精を出すようになっていった。

ちょうどそんな頃だ、大阪にいる木下の親父から連絡が入ったのは。

そもそもは「当分、東京から帰ってくんな」と言われて始まった東京暮らしだったが、これが「たまには大阪帰ってきてええぞ」というのだ。一年足らずでその言葉をもらえたことが、武志は嬉しかった。

これが、北村武志という人間だった。クスリさえやめれば、自信もあることだし自然と頭角《とうかく》を現す。そしてその活躍ぶりは、遠く大阪にいる親父の目にも留まったという次第だった。

親父の言葉に応じて大阪に赴くと、ほどなく行動隊長を任されることになった。カシラ補佐の上にあたる位で、いわば喧嘩の隊長のようなものだ。現カシラ補佐の新川と二人で、それをやることになった。

――以降、武志は東京と大阪とを行き来しつつ、東西両域で八面六臂《はちめんろっぴ》の活躍をしていくこととなる。そうして一年が経つと、本部の舎弟を通り越して舎弟頭補佐にまで、親父が位を引き上げてくれた。

武志が大阪を離れた頃は四十人ほどだった東水会は、今や八十人近い規模になっていた。抗争とはいかないまでも、武志はいろいろな揉め事のほとんどに率先して顔を出していき、次々に話をつけていった。金儲けに関しては相変わらずうまくはなかったものの、喧嘩や交渉事の面では、木下会長の信頼も厚かったと自負するところだ。

そうこうするうちに武志の位はさらに上がり、ついには東水会のナンバースリー、舎弟頭にまでのし上がった。大阪での自分の若い衆も、すでに十人以上になっていた。

そんなある日、木下の親父からこう言われる。

「おまえも、もう事務所を持て」

一国一城の主になれというのだ。そこで武志は、かねてから思っていた名称を初めて口にした。

「ほなら〈北村興業〉ってさせてもらいます」

親父の許可が下り、武志は急ぎ足で旗揚げ準備を進めていくこととなった。それは同時に、極道に戻ってからの自分の軌跡を振り返る感慨深い時間にもなっていた。

東京行きになったのが、武志が三十五歳になる直前のことだった。行ってすぐに三十五歳になり、半年足らずで大阪に帰還を果たし本部カシラ補佐に、二、三ヶ月で行動隊長、また半年が経ち三十六歳で本部舎弟に戻った。三十七歳で代ガシ、つまりは舎弟頭になり……そしてついに今、ここで自らの名を冠した自分自身の組を持つに至ったのである。

怒濤の如くの二年間だった。クスリによって瓦解《がかい》させてしまったものを、武志はわずか二年の間に、見事に積み上げ直してみせたのだった。

〈北村興業〉会長——それは、武志三十七歳での新たな門出だった。

その直後、自らの運命を大きく左右することになる一人の女性との出会いがあったのだが——これはしばし後に言及を譲る。

武志は自分の組を持ってからも東西の両方にマンションを借りて、大阪二週間、東京二週間、という生活を続けた。東京行きから三年後にあたる三十八歳のときには、これが東京一週間、大阪三週間という比重になる。結局完全な大阪暮らしに戻ったのは、三十九歳のとき。東京で活動していたのは、四年半ほどの期間だった。

さて、そんな面目躍如《めんもくやくじょ》とも言える活躍の一方、クスリに関しては、だが——実をいうと、まだ完全に断てたわけではなかった。

東京に行ってから三、四ヶ月した頃、一回だけ打ってるんですわ。新宿の公園でイラン人が売ってたのを買って。そんで四、五日でぶわぁってなって、すぐに「こんなんやらんかったらよかった」って思ってピタッとやめれましたわ。それからは三十八歳くらいまで、一回くらいとかで。けど、決して完全には断ててなかったんですわ。

三十八歳のとき、武志はC型肝炎になり、インターフェロンを投薬することになった。これが身体的に非常に辛く、頭髪もごっそり抜けるなど散々な思いを味わうことになった。

「兄貴、シャブ打ったらマシになりまっせ」

誰かが冗談めかしにそう言ったのを真に受けて、武志はここでもまたクスリに手を出した。しかし、これは従来の習慣や快楽を求めてのものではなく、しんどさから解放されたい一心でのものだった。現にインターフェロンの投薬が終わるのと同時に、クスリもやめることができた。今の武志は日々の組事に情熱を注いで臨み、そこに一度は失った生き甲斐を感じることができていたのだ。

東水会本部の規模は、すでに百二十人以上の組員を抱えるほど。自分が構えた北村興業の勢いもよく、状況は安定していた。

3　ヤクザとは別の道

――話は武志三十七歳のときに遡る。

〈北村興業〉を立ち上げてからまだ日の浅いある夜。武志は玄太に連れられて、地元の上新庄にある一軒のラウンジを訪れた。そこで店と女の子たちを任されていたチーママのような存在が、ゆかりという名のとんでもなく好みの顔をした女だった。

彼女を見初《みそ》めた武志は、ここはまた来なあかんな、と思った。そして実際に、以降三日に一回ほどの頻度で彼女に会うためこの店に通うようになるのだった。

距離は順調に縮まっていき、やがて二人で食事に行くことになった。食事の後は車で彼女を家まで送っていった。

「そいじゃ、またな」

満足な気持ちでそう言って、車を発進させる。ところが、バックミラー越しにゆかりの姿を確認すると、彼女はこちらを見送ることもなく、背中を向けてもう家に入っていこうとしていた。

「なんや、全然俺に関心ないな。俺には気も遣わんのかっ」

地元では名前も売れていたし、女は誰でもこちらの車が見えなくなるまで見送りをするものだと思っていた。現に、こんなふうにちょっとの見送りもしない女など、これまで一人もいなかったのだ。ましてや、今日は初めてのデートだというのに。

チェッという気持ちもあったが、武志はゆかりのそんな珍しい対応がおもしろくもあり、笑ってしまいもした。後日、何度もデートを重ねて充分に仲よくなった頃合いになってこのときのことを本人に話すと、ゆかりは謝るでもなく無頓着な様子。カラッとした女だなあ、とは思ったが、これもまた武志にとってはおもしろかった。

出会ってから二ヶ月ほどが過ぎた頃、二人は付き合うことになった。初デートのときの見送りの件はそれから何度も話題に上り「あのときはほんま、脈もないかと思ったわ」と、すっかり笑い話になったのだった。

ゆかりは武志の八歳年下で、当時ちょうど三十歳になろうかというタイミングだったのだが、彼女には二人の連れ子がいた。八歳の長男と六歳の次男だ。武志はもちろん連れ子の存在を気にするような器の小さい人間ではなかったが、この子たちが思いのほか自分に懐いてくれたのはありがたかった。

そんなことも手伝って、付き合ってから三ヶ月後には、武志はよくゆかりの家に泊まるようになっていた。淡路に自分の家があったのだが、そちらへ帰ることはめっきりなくなり、やがて転がり込むような形で武志はゆかりと二人の息子たちと一緒に暮らすようになったのだった。

ゆかりとの仲が順調に進んでいた一方、極道のほうはというと――外国人マフィアの存在がそこここから耳に入ってくるようになっていた。関東なら新宿に中国人マフィアが出没しているというし、関西ならミナミのほうでその存在が確認されているという。

武志は、自分のいる東淀川にも奴らが入り込んでくるかもしれん、と危惧を抱いた。

当時、東淀川一帯では殊に小競り合いが多かった。といっても、それは大きな括りの中では、どれも明石組の傘下同士でのこと。武志は皆に訴え始めた。

「同じ明石組なんやから、仲ようしましょ。こんなことしとったら、外国人マフィアに入り込む隙を与えてまいますわ」

喧嘩はやめよう、みんなで肩を組んで外から来る敵を排除しよう。武志は方々に、根気強く話していった。当然、難色を示す者は多かったが、何回も説得を重ねて、ときには力業も使って、武志は界隈にある九つの団体をまとめ上げた。

そして親父に許可をもらい、親睦団体〈北大阪睦《むつみ》会〉を旗揚げし、その会長の席に就く。会員数は百数十人ほどだった。

こうした武志の行動の甲斐もあってか、上新庄や東淀川界隈が外国人マフィアに介入されることはなかった。会のおかげで、内輪の揉め事も早く収めることができるようになった。また、「何かあったら北村さん出てくるぞ」などと言われるようにもなり、武志の存在がいざこざの抑止《よくし》力としても機能するようになっていった。

あのとき一帯を一つにまとめ上げたいうのは、今でも自分の勲章みたいに思ってます。睦会は四十歳で極道やめるときまで続けたわけなんですが、やめた何年か後に、地元の有名な割烹の大将にこんなふうに言われたんですわ。「北村さん、なんでカタギになんてなりはったん。わけわからん人間がまた上新庄入ってきてますよ」って。他にも何人かにおんなじこと言われましたわ。

武志が極道をやめることになったのは、四十一歳になる直前のことだった。

決め手になったのは少し前、東京で大きなクスリの取引に口を利いてやったことだった。ある男にクスリ売りの元締めを紹介してやったのだ。現在その関係者が逮捕され、関与した人間の名前が次々に洗われている、という話だった。

ひょっとしたら自分の名前もすでに警察の耳に入っているかもしれない。もしそうなら、自分一人では片づけられないし、逃げることはできないだろう。組に迷惑も掛かるし、木下の親父にも申し訳が立たない。それに、クスリの絡みが組にバレればどの道、破門にもなる。

東京行きからこっち順風満帆に進んできた武志だったが、ここへ来て四方を塞がれたような状況だった。

――ここが引き際……これが、ええ時期かな。

まだ足掻きようはあった。塞がったのは四方であって八方ではなかったと思う。だが、数ヶ月前から武志の心に起こっていた一つの変化の兆しが、このとき極道をやめるという道を促したのだった。

三ヶ月ほど前だろうか、武志は自分の中の覚悟が鈍っていることを自覚した。それまで常に自分の中にあった「よっしゃ、喧嘩して懲役行ったるわ」という覚悟が欠けているのがわかったのだ。

以前、東京で道具が必要になったとき、誰が大阪から運ぶかという話になった際にも、武志は率先して自分がやると名乗り出た。十丁もの拳銃を抱えての移動、捕まれば懲役二十年にもなろうかという危険な役回りだ。しかし、そのとき武志がそれを恐れることはなかった。いつだって腹は括れていたのだ。――それが、今はなくなっている。

明確なきっかけがあったわけではない。しかし、あるとき不意に気づいたのだ、「あれ？なんかいつもと違うぞ」と。今までは下の者にも「一緒に俺が腹括ったるから、行くぞ」と捨て身で言っていたのだが、それを言うのがある種億劫《おっくう》に感じるようになっている自分に気がついたのだった。

――このままズルズル行っても、若いもんに嘘はつけん。

自分を大将と信じる奴らに、欺瞞《ぎまん》を抱えながら向き合い続けることはできない。武志の性格なら、それは至極明白なことだった。

不安もあったのだと思う。このまま極道を続けていっても将来が見えないとでも言うか。また、昔から付き合いのあった若い衆がここ数年の間に業界から次々姿を消している、ということも、その不安を助長していたかもしれない。

例えば、たこ焼きの移動販売をしていたときに声を掛けてくれた中西信二。池田興業時代、彼は元々木元直の伝手で二十歳にして武志の下に加わった男だ。武志が直と再会して右翼団体の顧問になったとき、信二は直に付き従う形で武志より一足先に、東大阪連合東水会の一員になっていた。

だが、木元直が業界から消えた数年後に、信二もいなくなってしまった。

もう一人、立林宜孝《のぶたか》。彼も信二同様、木元直を介して二十歳で池田興業の一員となり、武志の下についた。組入りは信二とタッチの差で、信二の後輩だ。彼もその後、東水会に来ていたのだが、信二が消えて一年ほどで業界を去っていた。

東水会の人間になった以上、彼らはもう武志の若い衆ではなくなっていたが、東水会と北村興業は一緒に動くことも多かったし、やはり自分の親しい人間がいなくなるというのは気持ちが寂しくなるものだった。

これまでは「ヤクザを一生したい」と生き甲斐を感じてやってきたところが、生き甲斐が少しずつなくなってきていると、自分自身認められるようになってきたのが、武志にとっての四十歳という年だった。

そんな中だったのだ、先述のクスリの取引の件で雲行きが怪しくなったのは。

「この際……大義名分というか……」

武志は一人、考えた。

現在自分の置かれているこの状況ならば、本部も自分を切り捨てないわけにはいかない。いいきっかけなのかもしれない。極道人生に幕を引く、今がきっとそのときなのだ。


その日は雨が降っていた。

武志は舎弟にレンガを持ってくるように命じた。そして夕刻、土砂降りのモータープールで「指取るから、おまえ介錯せえ」とそいつに言い放った。

自慢にもならないが、もはや慣れたものだ。武志はバァンと一息にまた指を落とした。

「よっしゃ、次はこっちや」

痛かったが兄貴分として弱みは見せず、武志は冷静な声で言った。そして、右手の一指に続き、左手の一指も切り落とした。これで通算七本目の指だった。

武志は舎弟の運転する車に乗り、その足で指の処置のために病院へと向かった。

頼んだわけではなかったのだが、病院へは、息子たちを連れたゆかりも付き添ってくれた。一緒に暮らし始めて早二年、子どもたちは小学五年生と四年生の年齢になっている。

武志は指を落とした自分の姿を、あえて子どもたちに見せるようにした。

「お父さんこれでヤクザやめたんやぞ」――と。

少しすると同行していた舎弟が気を遣って子どもたちを食事に連れ出し、武志はゆかりを待たせて手術室に入っていった。

医者が図太い麻酔注射を打ち、骨を削り、肉と皮を被せて指の傷口を縫合する。右手が終わると立て続けに左手のほうもだった。

手術は無事に終わった。時刻はもう二十二時を回り、外は真っ暗闇になっていた。

武志は土砂降りの中、駐車場に停めておいた車の中に一人、入った。

雨音に包まれた車内で携帯電話を取り出し、東水会本部に連絡を入れる。本部長に近くの喫茶店まで来てもらい、話をすることになった。

「実は、下手打ってもうて」

自分の胸の内を打ち明けることはせず、目下自分の置かれている窮状《きゅうじょう》だけを説明した。

「わしもこの際、迷惑掛けるのもあかんから、ここでケジメつけて処分されるわ」

「何を言うとるんですか代ガシ、大丈夫ですよ」

「いや、大丈夫やなしに。もうここまでしたんやから、頼むわ」

――その後、武志は切り落とした二本の指を本部長に献上した。

本部は素直に、クスリ売買の件で迷惑を掛けたから、という解釈をしてくれたようだった。

武志自身にとって、それは言い訳に過ぎない部分もあったのだが、ヤクザをやめると決めた以上、それは伏せたままで徹底した。

木下の親父から、のちに連絡があった。

「なんで二本もちぎったんや！」と言われた。

「それなりに自分も責任あるし、人の指もいっぱい取ってきましたから」

親父は「また戻ってこれるようにしたるから」と言ってくれた。

武志は逆らわずに頷いていたが、半ば上の空で、もうヤクザに戻る気持ちは一切なかった。

こうして、武志は晴れて極道をやめた。

半年後にカシラが一度会いに来て「戻ってきませんか」と言われたが、武志は断った。

「もうわしは完全燃焼したし、気持ちはありがたいんですけど、戻る気はないんです。そのために、身を引こうと思って二本もちぎりましたんで」

ゆかりにしたら、「指二本も落として、何をしてんねや」だったかもしれない。

だが、武志は後年になって、あのとき自分が極道をやめる気になった理由がもう一つあったことに気づいたという。

あのとき、病院に付き添ってくれたゆかりのお腹は、大きかった。お腹の中に、武志との子どもを身籠っていたのだ。

しかし、二年何ヶ月かずっと一緒に暮らしていたけれど、まだ籍は入れていなかった。

あのとき初めて「家庭」いうのを作りたなったのかもわからん。もう家庭持ったこともあったのに、前の嫁はんには申し訳ないけど、このときに「あ、子どももできるしな」って思って。

自らの意思で極道人生に幕を下ろした武志は、ゆかりと籍を入れた。

そうして四十一歳になってほどなく、ゆかりとの子どもが生まれる。

武志は新たな人生を歩み始めたのだ。

いまだかつて歩んだことのなかった、未知なる人生を。

――それこそが、次なる挑戦の幕開けだった。

4　カタギ未満

カタギになった武志は、〈北村建設〉という会社で働き始めた。

それは、元をただせば昭和五十三年に武志の父親が興《おこ》した会社だった。

それが六十年に不渡りを出して潰れた。当時、長男である上松茂と三男の武志は話し合い、二人で会社をやろうと決めた。付き合いがあった企業にも再起したのだと伝わるように、社名は父の会社そのままで「株式会社」と前に付けるか後に付けるかだけを変えた。

そうして昭和六十二年にできたのが、平成十七年現在の北村建設だった。社長は今も茂が務めている。

かたや武志のほうはというと、設立した時点ですでに池田の親父と盃を交わしてから二年が経っており、当たり前のようにヤクザ稼業をしていた。

兄の会社も手伝えると思っていたのだが、まだまだ下積みのペーペーだったため池田の親父の側を離れることができず、結局は兄だけに任せっきりになってしまった。そして、そうこうするうちに迎えた平成元年に、武志は懲役に行ったのだ。

帰ってきたのは平成四年のことだった。直後に当時の妻だった幹代と離婚したことはすでに周知の事実だろう。その頃、茂の頑張りもあって北村建設の売り上げは何千万かになっていた。ところが久しぶりに会って話を聞くと、土地柄や縄張りの関係で地元のヤクザがうるさいのだという。武志は「どこがうるさいの？」と尋ねた。その後はもちろん、バチンとやってそいつらを黙らせてやった。結果、北村建設は以降も縄張りを広げていくことになる。

「おまえがやってくれてスッとしたわ」

茂はそう言って、儲けの一千万のうち三百万を武志にくれた。さらに「毎月、給料十五万だけでも払っとくか？」と言って、他にも会社で武志用の車を買ってくれたりした。

——というわけで、武志はそれからも極道をする傍ら、ずっと北村建設に籍を持ち、厄介事が起きたら面倒をみるという付き合いを続けていたのだった。

「武志、おまえは頭が切れる。ヤクザやめて、本格的にうちの会社を手伝ってくれんか？」

茂は以前から、武志が奮って極道に勤しんでいる最中にも、何度もそんなふうに話していた。武志がクスリ中毒になってしまって以降はそれどころではなくなっていたのだが、平成十七年の今や武志はクスリも極道もやめた身だ。さらに、妊娠中の妻と、養子にした二人の子も一緒にいる。

精を出して働くとなれば、兄の北村建設で、となったのは至って自然な流れだった。

兄も、ついに武志が本気で手伝ってくれるとあって喜んでくれた。用意されたのは「専務取締役」という席。客観的に見ると、元の営業顧問から飛躍的な出世だった。

だが、こう言ってはなんだが稼ぎは月に手取りで二十六万。ヤクザをしていた頃とは比べるべくもない雀の涙だ。それだけで家族全員を養っていくというわけにはいかなかった。

いや、仮に稼ぎが充分だったとて、いつまでも兄の茂におんぶにだっこではいられない。

武志は妻のゆかりと話し合った。

初めに持ち上がったのは、二人で弁当屋をやろうか、という話だ。

しかしこれは試算してみるとすぐに、あかん、となった。一食百円程度の儲けにしかならず、一日五十食売ったとしても五千円ぽっち。これでは月々の家のローン十七万円もペイできない。弁当屋以外に何かいい稼業はないかと、振り出しに戻って考えることになった。

ただ、何をするにしても始めてすぐに大きな儲けを得るというのは難しい。軌道に乗るまでにはそれなりの時間を要するだろう。

事態はなかなかに切迫していた。武志はこの頃、以前から借りたまま返しきっていなかったお金を、柳井ママと家元のおっちゃんに持っていったりもしていた。また、七、八百万ほど借りていた工務店の会長から「もう貸されへん」と言われてしまい、さらには「毎月なんぼずつ返す？」と返済を迫られてもいた。

　先方も以前から懇意にしてきた人物、何も意地悪で言っているわけではない。問題は、時代の変化だった。「もう談合がないから、うちも儲けられないんだよ」という会長の言葉にその事実が現れていた。近年、政府が建設業界の談合を厳しく取り締まり出したのだ。

　武志は元々、ヤクザを辞めても建設業界では談合に絡んで自分の活躍どころがあると踏んでいたのだが、すっかり当てが外れてしまった。各建設会社のほうでも、武志という存在を役立てる機会がなくなったと言っていいだろう。これまでなら気軽にお金を貸してくれた何社かの社長たちが、先の会長と異口同音に武志をあしらうようになっていた。

　武志にとってようやくの新しい船出は、見事に向かい風だった。

　あれこれの支出を合わせてみると、毎月最低でも百万は稼がないとやっていけない。クレジットカードのキャッシングでお金を回すにしても、すぐに負債は溜まっていく。お金を稼ぐための何かを、一刻も早く始めなければならない。武志は内心、焦っていた。


　やがて七月になり、ゆかりが臨月に差し掛かった。

　そのとき武志は――狂ってしまっていた。

　原因は何あろう、クスリだった。

　完全に克服したつもりでいたのだ。けれどそれができたのは、熱い生き甲斐を感じられる「極道で頑張っていく」という覚悟があってのことだった。その熱意の喪失と極道からの卒業が、再び武志をクスリに向かわせてしまったのかもしれなかった。

ただ、おかしくなりながらも武志は「妻や息子たち、そして生まれてくる子どもを、自分が守ったらなあかん」とは思っていた。残念なのは、その気持ちの結果が、包丁を持って自宅の天井を突き回し「出てこいコラぁっ！」と叫び散らす行動だったことだろう。

例によって幻聴が聞こえるようになっていたのだ。声は武志を責めるだけでなく、嫁や子どもに危害を加えてやると、毎日毎日囁いてくる。武志にはもちろんそれが、幻聴などではなく何者かによる本物の声に感じられていた。そこで、相手が天井裏に潜んでいるのではないかと疑い、件の行動に及ぶわけである。

「ゆかり、おまえ大丈夫か。誰かになんかされてへんか。なんかされたら言えよ」

血走った目で武志は言ったが、ゆかりは呆れたようにいなすばかりだった。

わかってはいたはずだ、武志がクスリでおかしくなっているのだと。だがそれでもきっと「子どもが生まれたら変わってくれる」と信じてくれていたに違いない。

なのに武志は変わらなかった。ゆかりが出産を無事に終え、初めての二人の子ども「愛生《あいな》」が生まれても、武志はクスリとべったりの生活を続けていた。創られた物語なら、主人公は子どもが生まれたことを機にきっちり心を入れ替えたりするものだが、これは現実。実際の人生はそうそう綺麗に整頓されているものではないのだった。

ゆかりはよく、クスリの影響でぼぅっとしている武志の顔を見て「情けない」とでも言いたげな表情を浮かべていた。実際に言葉で言われたこともある。「もう不安ばっかり抱えて、私がおかしくなりそうやわ」と。

この頃になると武志は、得体の知れない声の出処《でどころ》が、自分の腹であると考えるようになっていた。以前切腹をして縫合手術を受けた際に、腹の中にスピーカーを埋め込まれていたのだ。だから腹から声が聞こえてくるのだ。クスリをやっていないときにはそんなこと一ミリも思わないのに、ひとたびクスリをやるとそんな考えに取り憑かれ、病院に行って医者に尋ねてみたりもした。

「先生、お腹にスピーカー入ってることないですか？」

「……とりあえず睡眠薬を出しときますね。あと、精神安定剤も」

医者は数秒ほど沈黙した後そう言った。帰ってその話を妻に聞かせると、「あんた、そらおかしいと思われるの当たり前やで」と言われた。けれど武志にはやはり、自分の腹にスピーカーが入っているように思えて仕方ないのだった。

実の父にもたびたび同じ話をしたが、「せやから！　スピーカーは入ってへんっ言うとんのに！」と終いには怒鳴られてしまった。

武志からしたら、わかってもらえないことは遺憾だったが、問題はそれより声の内容だった。自分は声にも出していないのに、謎の声は内心を見透かしたことを不意打ちのように言ってくる。監視されている、何もかも見透かされている、狙われている。そんな強迫観念が強まっていき、おちおち睡眠もとれなくなっていた。自覚こそないものの、以前クスリを使っていたときと完全に同じ状態だ。

滅入ってきて、飛び降り自殺をしようとしたこともあった。さすがに怖さが勝って実行はできなかったのだが、「死んだほうがマシや、こんなしんどいの」という気持ちはなくならなかった。

やがて、今度は自責の念が膨らんでいく。「何から何まで自分が悪いんや」と。

以前ロシアンルーレットをやったときは、これでやり直そう、という思いだった。

切腹のときは、お詫びせなあかん、という気持ちだった。

しかし、もう自分はこれからどうしたらいいのだろう。

心が衰弱しきってしまい、なんの考えもまとまらなかった。

のちに聞いたところによると、妻のゆかりは当時の武志を見て「あんだけかっこええ、しっかりした人が、こないになるもんか」と思っていたという話だ。

武志の異変は、一緒に暮らしている小学生の息子たちにも、当然感じ取られていた。

「お父さん、今日なんか変やで」

「なんか怖い、お父さん最近」

武志は彼らに対して「なんやおまえ、こっち見て！」と怒鳴ったりもしていたので、無理もないことだった。けれど、息子たちがそんなふうに言い出すと妻のゆかりは決まって、笑いながらこう返していた。

「今日はお父さん二人おるからな。今日は悪いほうのお父さんなんや」

ちょっとでも笑いに変えようとしてくれていたのだろう。それも、武志を悪者にしてしまえば簡単だったろうに、そうしないように気遣って誤魔化してくれていたのだ。

ゆかりがどれほど大変だったかは、想像するに余りある。生まれた子のことだけでも必死だったろうに、どうにか踏ん張ってくれていた。

「……お父さん、ほんまに頑張って」

ゆかりにそう言われ、武志も「よっしゃ頑張るわ」と発奮《はっぷん》した。だが、一週間もするとまた同じようにクスリをやる。自力ではダメだと思い、ゆかりに「一緒にジョギングでも行ってくれへんか」と頼んだりもした。朝一緒に起きて、自分が走る横を自転車で並走してもらった。

――が、これも長くは続かず元の木阿弥だった。

5　稼ぐための挑戦

娘が生まれてから五ヶ月が経ち、年の瀬を迎えても、武志はいまだクスリを断ち切れずにいた。ただ、小康とでもいうかの状態ではあり、自殺未遂をしでかしたりするようなことはなく、北村建設での仕事はこなせている。そこは腐っても東水会本部のカシラまでやってのけた武志だった。

妻のゆかりが以前やっていた介護ヘルパーの仕事に復帰してくれたこともあって、苦しいながらもなんとか生活は続けられていた。収入に対して支出が多いことや、武志のクスリの件が片づいていないことなど、あくまでいつ壊れてもおかしくないバランスの上に成り立っているような状況ではあったが。

ほどなく、年が明けてすぐの一月三日。

武志の元に立林から連絡が入った。

池田興業で武志がカシラを張っていた当時、中西信二よりさらに若手だった舎弟だ。のちに心水社でも多少の絡みがあったものの、彼は武志より半年ほど早くヤクザを辞めていた。

とはいえ、立林が昔から武志のことをえらく慕ってくれていたので個人的な付き合いは続いていたのだが、彼はしばし前に傷害罪で塀の中に入ってしまっていた。その立林が無事に出所したというのだった。

会って話すと、まずは礼を言われた。武志は彼が刑務所に入っている間、彼の妻のところにカンパ金を何度も持って行っていたので、そのことだった。

武志は立林に、出所したのはいいがこれからどうするつもりなのか、と尋ねた。すると、これが当てがないらしい。

「だったらおまえ、俺んとこ、なんか手伝うか？」

立林も東水会本部のカシラ補佐までやった、ひとかどの男。当てがないのならぜひ自分の力になってほしい。そう思っての武志の誘いに、立林は二つ返事で頷いてくれた。

武志は以前から彼のことを賢い男だと感じていた。難しい物事でも素早く理解し、頭がよく回る。きっと戦力になるに違いないと確信していた。

ゆくゆくは立林に北村建設を手伝ってもらおうと考えた武志だが、まずは北村建設ではなく「北洋」に籍を入れさせた。北洋というのは、北村建設の子会社だ。目下のところその実態は税金対策のための汚れ役で、一千万以上の赤字を垂れ流しているような状態だったが、立林は武志の考えを理解して言う通りに入社してくれた。

しかし、彼一人の有無で会社全体の売り上げが爆発的に上がるようなことはあるまい。また、それとは別に、武志自身の収入が極端に上向く目星も、依然としてなかった。

新しく何かを始めなければ、先細りになって、やがて行き詰まってしまう。ゆかりがすでに疲弊しきっていることも、目に見えて明らかだった。

年が明けてから二ヶ月ほどが経った、ある晩。

ゆかりと二人で久しぶりに稼ぎや新事業の話をしていると、彼女がふと、こう言った。

「ヘルパーの仕事も悪いことないで」

ゆかりは武志と付き合い出すのと前後して、夜の商売を辞めて初めて介護ヘルパーの仕事に就いた。結婚に際して退職したのだが、武志の北村建設の給料だけではやっていけないとわかって以降は、復職してヘルパーとして働いている次第だった。

ヘルパーの稼ぎがいいとは、付き合っていた当時にゆかりの口から聞いたことがあった。スナックのアルバイトが時給千五百円のところ、ヘルパーは千六百や千七百もらえるという話だった。――大阪の最低賃金が七百円そこらの時代に、倍以上もらえていたわけだ。

ところがよく聞いてみると、今ゆかりが言い出したのは金額の件ではないらしかった。

「ほな、なんやおまえ。悪うないって」

「利用者さんがな、認知症入ってて家族のこともようわからんくなっててもな、私らヘルパーに何かしてもらったら、ちゃあんと『ありがとうな』って言ってくれるねん」

ゆかりが言っているのは、要はやり甲斐、働き甲斐のことだった。

それを聞いた武志は、たこ焼き屋をしていた当時、自分もお客さんから「ありがとう」と言ってもらえたときのことを思い出した。確かに、気持ちが晴れる思いだったと思う。

武志の回想を知ってか知らずか、ゆかりは続ける。

「その言葉にこっちも救われるんよ、人間として。『ありがとう』って言葉、大事やで」

芯から出たようなゆかりの言葉に、武志も心惹かれるものがあった。

「……なら、うちもヘルパーの会社やってみるか」

気がつくとそう言っていた。

会社を始めるとなると、初めのうちはお金が掛かるだろう。それでもやってみる気になったのは、ゆかりの言葉があったからだと思う。

武志は翌日、立林に連絡を取った。彼の弟が二年ほど前からヘルパーの会社をやっていると聞き及んでいたのだ。

立林に口を利いてもらい、いざその弟に相談してみると、幸い彼は力を貸すと言ってくれた。そこで早速その日から、武志は北村建設の仕事をこなす傍ら、立林の弟に手伝ってもらい、ヘルパー会社を興すための書類の用意や手続きの準備を始めたのだった。

が、武志が始めたことはこれだけではない。

ヘルパー会社の立ち上げに動きつつ、「洗い屋」と呼ばれる仕事も始めた。建設現場で、物件を引き渡す際にクリーニングをする業者だ。賃貸物件の住人が替わる際などにもクリーニング――部屋の掃除を行ったりする。

この稼ぎは、実働二、三時間で一件一万円ほどだった。利益が五割ほどあって手堅く、三人掛かりであたったとしても悪くない稼ぎになる。ただ、建設現場や建設業界の中でのランクは一番下の扱いにされる仕事ではあった。

例えば、ワックス掛けをした後に別の業者に気にせず歩かれるなんてこともしばしばあってけれど、武志はへこたれなかった。ヤクザ業界ならいざ知らず、今や自分はカタギの世界に身を置く人間なのだ。そして、カタギとしては新人とも言える。下っ端扱いも望むところだ、という気持ちだった。

「おい洗い屋、後やっとけ」などと言われたりもする。それでも文句も言わずにまたワックスを掛け直す。そんなことが日常茶飯事の仕事だった。

洗い屋では、そこそこ仕事にありつくことができた。というのも、ヤクザ時代から建築業界にはあちこち付き合いのあった手前、「洗い屋を始めたんですが、仕事ないですか」と話して回ると、調子よく仕事を得ることができたのだ。そこで、武志は営業役に専念し、現場は妻のゆかりがリーダーとなりバイトとして雇った女の子数人とこなす、という形がほどなく定着した。やがて一件三万五千円といった好条件の依頼を得られたりもするようになり、洗い屋稼業は徐々に軌道に乗っていった。

一方、北村建設の仕事は風向きが悪かった。

やはり建築業界における談合がなくなったことが大きな要因だった。地味な営業活動にひたすらあたるほかない毎日が続いていた。あるときは「介護事業をするから六百坪探してきてくれ」と依頼され、北村建設の従業員を四人連れて方々駆け回ったりもしたが、詰まるところ金にならなかった。それは、営業で得られた他の依頼も押し並《な》べて、だった。

そんなこんなで迎えた三月——突如、立林が逮捕されることになる。

武志が彼に詰め寄ったのは、そのしばし前のことだった。

武志は血走った目で彼を睨みつけ、腹の底から低くドスの利いた声を発した。

「立林……おまえ、裏でなんかしてるやろ」

6　翻《ひるがえ》せるか否か

立林は武志の様子を見て、すぐに状況を理解したようだった。

荒い息遣いと血走った目。目の前の自分を見つめているようでいて、ここではないどこかを映しているかのようでもある瞳は、ある種の人間に共通する独特のものだった。

「兄貴、そんなこと言わんとってください」

立林は怯むことなく言った。武志にはその一言が悲しみの感情を帯びているように感じられた。立林は説得するような口調で言葉を続ける。

「わしは兄貴にそんなこと絶対しません。兄貴、この機会にほんまにコレをやめてください」

立林は武志がクスリをやっていることに気づいていた。さらに、後ろめたいことを何もしていない自分に対しこうして詰め寄ってきたのが、クスリの所為であることも。

自分を陥れるために立林が裏で何かしているに違いない——武志が抱いていたその確信は、クスリによって生じた疑心暗鬼そのものだったのだ。

自分を真っ直ぐ見つめてくる立林の真剣な瞳に、ジリジリとした感情が鎮まっていく。

「兄貴は凄い人です。コレさえやめてくれたら、絶対に人生うまいこといきますんで。だからほんまに……お願いします。僕はちゃんと近くにいてますんで」

立林の、心からの訴えだった。それが本心であることは、クスリでおかしくなっている武志にも疑いようのない事実だった。

自分が情けない。そんな感情が胸に押し寄せる。同時に、クスリに翻弄されていつまでもずるずるとしている情けない自分を、決して見限ることなく、ここまで親身になって必死で説得してくれる立林への有難い想いが込み上げて……そして、溢れた。

武志は涙を流していた。

泣きながら立林の手を取り、言った。

「ほんま、ありがとうな」


それから数十分ほどして落ち着いた武志は、確固とした思いを胸に帰路に着いた。

このままではいけない。

あそこまで自分を慕ってくれている男がいる。立林のその気持ちに報いるためにも、自分は変わらなければいけない。いい加減、本当にクスリをやめなければいけない。

深く、そう感じていた。

――しかし、深く反省したとて一週間もすればまたクスリに手を出す、というのがお決まりだ。それを十年以上繰り返してきた武志なのだ。

「ただいま」

武志は自宅の玄関を開け、妻と子どもたちが待っているはずの家に入った。ところが、もうすっかり暗い時刻だというのに電気が点いていない。一階のガレージをスルーして二階のリビングに行ってみると、妻のゆかりが一人、床に座り込んでいた。下を向いて、見るからに疲れ果てた様子だ。

「おお、ただいま」

声を掛けると、胡乱な目つきでこちらを見つめてくる。

「あんた……もうやめられへんやんか」

ゆかりの声は憔悴《しょうすい》しきっていた。

「ちゃんとできへんのか……」

ゆかりが言っているのは、もちろんクスリのことだった。つい先ほど立林にも言われ、武志自身、改めてそのことについて考えていたところだったのだ。

「もうちょっと待て。そしたらほんまにちゃんとするから」

武志は言ったが、ゆかりからすれば、もうそんな言葉は聞き飽きている。妻として、その言葉を信じては裏切られ、信じては裏切られ、もう半年以上が経っているのだ。

「もぉ……私、無理やで」

離婚を切り出されても致し方ない。それは誰あろう自分自身の蒔《ま》いた種だ。武志は瞬時にそう思った。だが、ゆかりの口から出てきた言葉は予想に反していた。

「あんたがそんなんやったら、今から一緒に死のう」

「おっ、おい、何言うてんねん。まだ愛生もこんな赤ん坊やなのに、おまえ、死ぬって……拳《けん》誠《せい》や匡星《きょうせい》はどないすんねん。アホかおまえ」

子ども部屋や居室のある三階には、今も三人の子どもたちがいるはずだった。それを残して親の自分たちが死ぬなんて、そんなバカげた話はない。半ばそう笑い飛ばそうとした武志だったが、ゆかりの表情は一ミリも変わらない。視線には、何か幽鬼めいたものに取り憑かれたかのような怖さがあった。

「ええねん、みんな一緒に死んだら。私も……覚悟してあんたと一緒になったんや」

そう言うとゆかりは不意に立ち上がり、掃《は》き出し窓へ歩いていく。ベランダに出ると、そこにある小さな物置から一斗《いっと》缶を取って室内に戻ってきた。

武志の家にはファンヒーターがあった。二十四畳あるリビング全体の暖《だん》をそれ一台で取る大型のものだ。燃料は灯油で、三日で一斗缶一つ分を消費する。そのため、三から四缶ほどの灯油が、ベランダの物置に常備してあった。

武志が呆然と見ている間に、ゆかりは持ってきた缶の蓋を開ける。そして缶を両手で持ち上げると、そのまま中身の液体をぶわあっと家中に撒き散らした。中身はもちろん、灯油だ。呆気にとられる武志だが、ゆかりはさらに自分の身体にも灯油を振り掛け、頭からも被る。

「あんた、今から一緒に死のう。全部……もう全部やめたらええやん。もうなんにもほしないやん」

止めなければいけない。そう思ったが、武志はクスリを打っている状態なのもあり、驚くばかりでろくに動けない。

「ちょっと待てぇえっ！」

大声で制止するのが精一杯だった。

ゆかりを見れば本気なのは明らかだ。こちらも必死だった。が――

「あかん。待つもクソもないんや」

撥《は》ね退《の》けるように言ったゆかりは、服のポケットから百円ライターを取り出し、すかさずバッと火を起こした。

「あかぁぁぁんっ!!」

武志は弾かれたように駆け出した。慌ててゆかりに飛び掛かり、揉み合いになってライターを奪い取ろうとする。お互い灯油まみれでびしょ濡れになりながら、武志はどうにかこうにかゆかりの手からライターをもぎ取った。

寿命が縮む思いだった。火が点いていたら、間違いなく全焼だった……

一度ライターを奪ってしまうとゆかりは頽《くずお》れるばかりで、もうそれ以上はなかった。

五畳ほどのフローリングに飛び散った灯油にはその後、水を撒いて、ほとぼりが冷めてから二人で雑巾《ぞうきん》で拭きあげた。臭いはしばらく取れなかったが、それはまるでこのときの出来事を忘れぬようにと言われているようでもあった。

ゆかりは武志がクスリ狂いになってからも、家庭に仕事に、懸命に頑張り続けてくれていた。今回のことは、ついに訪れた限界だったのだ。

武志はゆかりに、もう一度頑張ると約束した。

立林にも約束したし、自分自身でも決めた。

こうまでして、自分と生きていこうとしてくれる人たちを大切にせずして、何を大切にするというのか。そんな人たちを裏切り傷つけ、何が男か人間か。

——この出来事を境に、武志は今度こそクスリと決別した。

十年以上が経つ現在まで、もう一切クスリはやっていない。

人生における最大のネックを、ついに克服したのだ。
それを成しえたのは自分個人の力ではなかった。
自分を強く慕ってくれる仲間と、何より妻のゆかりの必死の行動と気持ちによって、武志は自分自身の人生を、ここに取り戻すことができたのであった。

7　北洋という船

ゆかりの灯油騒ぎがあってから数週間後。武志は、ヘルパー会社立ち上げ申請の書類提出を無事に終えた。立林が逮捕されたのは、その審査を待っている最中の出来事だった。昔の弟分を殴ったことで傷害罪になったのだという。

立林が再び刑務所に入っていくのとほぼ同時に、武志のヘルパー会社〈セイアイスター〉は無事に認可を得て、営業を開始したのだった。

しかし、まずは営業活動に腐心することになり、すぐにお金にはならない。それに比べて、建築業界なら横の繋がりがある。それを活かせないか……ヤクザをやめてからちょうど一年、武志は考えていた。建築業界は、まがりなりにも多少は携わってきた世界だ。とりあえずにと始めた洗い屋やヘルパーと違い、これは今後の鍵になる。

そこで、四月のある日——武志は以前からしていた相談を、改めて兄の茂に持ち掛けた。

「兄貴、北洋いつ任せてくれるの？」

それは半年ほど前からすでに、二回、三回と重ねている話。北村建設の子会社である、赤字会社の北洋を自分に譲ってほしい、と武志は頼んでいた。最初のうちは、茂は半信半疑の様子だった。

「どないすんの、そんなん」

「いっぺん自分でやってみたいねん。なんかうまいことやれるような気がするねん」

武志には実績こそないものの、自信があった。保証こそないが、頭の中にはすでにやってみたいプランがあったのだ。そうすれば絶対当たるのに、うまくいくのに、と感じていた。

けれど、茂はなかなかいい返事をくれなかった。弟に大赤字を背負わせていいものかと、心配してくれていたのかもしれない。

「あんなぁ武志、もう北洋潰してまおうかと思っとるんや」

聞けば、北洋の赤字額は現在三千万以上。会社としては誰がどう見ても、いつ潰してしまってもいい状態だった。けれど武志には、プラン実践のために会社を持ちたいという以外にも、北洋を潰したくない個人的な理由が存在していた。

「兄貴、潰してまうんやったら、俺にくれや」

「おまえ、こんなマイナスの会社もらっても、どないすんねん」

「自分で名前つけたから、愛着あんねん」

子会社を「北洋」と名付けたのが、誰あろう武志だった。
兄のところの長男坊は、名前を洋一という。いつの日か、彼が成長してこの会社を茂から継ぐのだろうと考え、武志は社名に「洋」の字を入れた。あとは、「北村が大洋に船出する」という意味も込めて命名したのだ。

そういった気持ちも全て話して頼み続けると、ついには茂も武志に北洋を渡すことを了承してくれた。平成十八年、武志は三十万ほどを兄に支払い、カタギとして建築業界へと漕ぎ出すための、いわば船——北洋を手に入れたのだった。

ただ、そうはいってもまずは挨拶回り。方々の社長の元を訪れては、自分が新たに北洋を始めたことを伝え、「仕事ください」と言って回った。が、なかなか仕事は得られず、やっているのは依然として北村建設の仕事ばかりだった。

節約のため、武志は財布に千円しか入れない生活を始めた。それは戒めでもあった。「今俺こんなんやねんで」と、自分自身にしっかりわからせるためなのだ。

——油断するな、這い上がらなあかんのや。前とは違うんや。

武志はそんな生活を一年ぐらい続けた。この年に居酒屋に行ったのは、お世話になっている社長と行った二回きり。あとは自宅で安い缶ビールを飲んでいた。当時流行っていた生ビールふうに注げるサーバーみたいなものでグラス飲みという、これがとても楽しみだったのを覚えている。

武志はヤクザ時代、家にとんと寄りつかないものだった。けれどヤクザもやめ、こうしたお金のない事情から、自然と家で家族と過ごすようになったのだ。これもある意味武志にとっては初めての体験で、今思い出しても幸せなひとときに思えるのだった。

そうこうするうち、刑務所に行っていた立林が帰ってきた。服役前の時点では北村建設にいた彼を、武志はそこへは戻さず専務として北洋に加える。これにより、武志の北洋は本格的に動き出したのだった。

思うように動けなかったそれまでとは違い、仕事も多少なり得られるようになってきた。そこで次に武志が思ったのは、社の実態――本質を変えることだった。

「仕事師の会社にならなあかん」

目下のところ、北村建設と北洋は建築会社とは名ばかりの存在。仕事を得たところで何をするかというと、下請け会社を見つけ、実際の作業はその会社に一切合切《いっさいがっさい》任せきり。自社で具体的な仕事はできず、クライアントからもらえる報酬と下請けへの依頼料の間、何パーセントかを収入にするだけの、せどりじみた様相をしていた。だがそれもそのはず、具体的な建築の知識を持つ者が、社内に一人もいなかったのだ。それは経験という面においても同じことだった。

とはいえ、談合もなくなった現在の建築業界、こんなことでは生き残っていけない。いや、生き残るだけでなく、北村建設も北洋も、ここから成り上がっていかなければいけないのだ。

まずは一人、専門家を獲得しなければいけない。

そこで、武志に先んじて立林が白羽の矢を立てたのが、彼の友人の江間《えま》という男だった。以前、北洋で下請けを依頼した建築会社で責任者を務めていた人物だ。

「実は、その江間という男を以前から口説いてるんです」

立林曰く、好青年然としていながら自分がいた隣町の中学校で番長を張っていた人物だとのこと。だが彼はその後、武志や立林のように極道には進まず、一級施工管理技士という輝かしい資格を得て、建築業界ですでに何千万という大きな仕事をやってのけていた。

その彼が、最近勤めていた会社を退社したというのだ。武志は、ぜひ彼を口説き落としてくれと、立林の背中を押した。

その甲斐もあり、数ヶ月後。根気強く誘い続けた立林の行動が実を結び、ついに江間が北洋に来てくれることになった。武志も初めて顔を合わせ、これからよろしく、と頼んだ。

——こうして、北洋に初めて建築のプロが来たのだった。

続いて口説いたのは、これもまた立林の伝手だった。頭の回る立林のこと、日々考えてくれていたのだろう。ある日、こう切り出してきた。

「兄貴、松本ヒロって知ってるでしょ？」

「おお、知っとる知っとる」

松本裕之《ひろゆき》。武志の弟分だった木元直の同級生で、右翼組織だった頃の心水社の一員だ。武志からすると、弟分のところの若い衆、にあたる。ただ、彼は出世を繰り返していた木元直のように前には出てこず、後ろのほうにいる立場で、当時は影が薄かった。

武志が東連に行く前、心水社をやっていた当時は、直と一緒にいる姿を何度か見掛けていたが、挨拶を交わすくらいで直接の交流は持っていなかった。

立林の話によると、その松本ヒロはその後、クスリに傷害、強盗に詐欺と、いろいろやった末に刑務所に入ったらしい。それが最近出てきて、すっかり真面目になっているという。

なんでも、仮釈放がもらえるところ、「もうああいう生活はしたくない」と、自分自身を徹底的に改める意味でそれを断り、六年以上の刑期を全《まっと》うしたそうだ。

武志はその話を聞いて、大した男だと思った。仮釈放のチャンスがあれば九十九パーセントの人間が享受すると言っても過言ではない。仮釈放とはそれほど魅力的なものなのだ。それを、自らの意思一つで断るなんて、そうそうできることではない。

武志は立林と一緒にヒロを口説きに行った。建築現場での経験も少なからぬ彼は、目下、現場の足場を作る「足場屋《あしばや》」として働いているところだった。

「足場屋とか鳶《とび》とかやってても、これからそのままや。うちの会社、今から大きくするから、来てくれへんか」

そんなふうに誘いを掛けると、ヒロは快く了承してくれた。これまで直接の絡みこそなかったものの、武志の力量と人柄は知っていてくれたとみえる。また、勝手知ったる同胞——いい意味で野心家であり出世欲と負けん気の強い立林が、専務として武志についているというのもおそらく大きかっただろう。信用してもらうに足る材料はあったと言える。

ヒロは事前に聞いていた通りの好人物だった。北洋の評価に繋がるような働きぶりで貢献してくれ、会社は走るとまでは言えなくとも、順調に歩んでいくことができるようになった。武志が直接の交流を持つうちに、ヒロの口からは徐々にプライベートな話も出てくるようになってきた。

「嫁がまだ、刑務所に入ってるんです」

結婚や女の話になったとき、ヒロはそう言った。ヒロ自身と一緒になってクスリをやっていたことで捕まったのだという。サチコというその妻には元々連れ子がおり、ヒロは自分が出所して以降、その子を自分の息子として引き取り、二人で暮らしているとのことだった。

武志は、別れないのか尋ねてみたが、ヒロには一切その気がなかった。

「約束したんで。待ってるって」

仮釈放を断ったという話と同じで、自分の意思をしっかり迷わずに貫こうとする彼の姿勢は、見上げたものだった。

それからしばらくして、武志はヒロと彼の息子と一緒に温泉旅行に行ったりもした。

「ユージ、あと四ヶ月で、もうお母ちゃん帰ってくるのう。やっと三人で落ち着けるなあ」

武志がそう話し掛けると、ユージは心底嬉しそうにしていた。出会ったときには小学生だったユージは、もう中学生になり、ヒロを「親父」と呼ぶようになっていた。それを聞いて武志は「ああ、いいなあ」と思うのだった。

ヒロとユージは実際の親子に劣らないくらい仲がよかった。

生まれたときから一緒だったわけでも、血が繋がっているわけでもないのだから、ここまで心を通わせるのは大変だったことだろう。きっとヒロは、心を通わせようと本気で頑張ったのだ。妻の帰りを待つことも、人の子どもを育てることも、半端な気持ちでは続けられない。武志はその覚悟と振る舞いを見て、立派な奴や、と感心していた。

北洋はその後、さらに人と仕事を増やしていった。

「北村さん、わしもう六十手前やから、あと五年ももちまへんで」

そんなふうに言う、年を取って現場では動けなくなった中年の一級施工管理技士を二人ほど雇い入れ、若い者は彼らからいろいろと仕事を学ぶようにさせた。素人の募集も掛けて、社員は十名ほどになった。

その頃、中西信二が仲間に加わった。彼は、武志がたこ焼き屋をしていたときに邂逅《かいこう》するような縁もあり、義理堅い男でもあった。声を掛けると喜んで北洋の一員になってくれた。

――仲間が揃っていく一方、武志は北村建設と北洋を生まれ変わらせるために、ある人物に相談に乗ってもらうことにした。

それは、建築会社〈旭エージェンシー〉の古林保仁《ふるばやしやすひと》社長だ。

出会ったのはまだ武志がヤクザだった三十五歳の頃。古林社長は武志の二歳年上で、当時から旭エージェンシーの代表を務めていた。そのとき、付き合いの会社が支払いをしてくれず困っていた彼に頼まれ、武志は九百万の取り立てを成功させた。彼は報酬にその半分以上をくれ、武志のことを気に入ってくれたのだった。

古林社長はいい意味でシビアな人だった。武志なら格好つけて、なんでも「ええわ俺がやったるわ」で応じてしまうところ、彼はいつでも利害などを正確に計算しているのだ。しかし、前述の件以降、武志とは気持ちで付き合ってくれている感があった。知り合いというより身内とでもいうように。変わり者の武志がおもしろかったのかもしれない。

古林社長は紳士的な人でカタギの人間だが、ヤクザが相手だろうと物怖じせず、言うことははっきりと言う。武志は彼のその芯の強さと、ヤクザ者でも色眼鏡で見ず、普通に付き合いをしてくれるところが好きだった。

そうして付き合いは続いていき、武志四十二歳の現在に至る。

「古林社長、うちもちゃんとした会社に生まれ変わりたいんです。せやから、そのための下請けを紹介してもらえませんでしょうか」

自社で技術を持ち仕事ができなければ、これからの建築業界では生き残れない。仕事を取って下請けに出すだけの今のままでは潰れてしまうに違いない。そう武志が話すと、昔から仕事師の会社のトップを務めてきた古林社長は、惜しげもなく力を貸してくれた。

自社が懇意にしている会社を紹介してくれ、武志の北洋の人間は、そこから少しずつ建築の現場のことを学んでいくようになった。

北洋は、いよいよ建築業界で戦い始めたのだ。妻のゆかりと立林に、現場の全てを取り仕切れるブレインの江間と、実際の現場作業経験を持つヒロ、それに多くの仲間と共に。

じきに、会社で請け負った仕事も、当初は丸投げだったところ、半分は自社でやってのけられるようになり、やがて四年目に入ると、全て自社でやりきれるまでになっていった。

その頃、三千四百万で中古のビルを購入して、それを自社ビルとした。二十五年のローンではあったが、それだけのローンが通るようになったことが、武志は嬉しかった。武志は建築業界で、自分の城を構えるまでになったのだ。

元は住まいの下で、六畳くらいでやっていたのだが、そこではデスクを三つ置くのがせいぜいだった。それが一気に、四十坪の土地に二十四坪の三階建てビルだ。その空間的広がりは同時に、建築業界での北洋の存在感の広がりを現しているようでもあった。

以降も北洋は年に四、五人ずつ人員を増やし、ときにはよそからヘッドハンティングしたりもした。仕事は順調に入っていたので「とりあえずうち来てくれ」と。

結果的に、潮の変わり目をいち早く察知して動いた武志の判断は正しかったのだ。ここで変化しなければ、北洋は間違いなく潰れていただろう。そしてもちろん、古林社長の力添えがなければ。武志の中で、彼への感謝の念は尽きることがなかった。

武志にとって後年まで感謝の尽きない人物は、もう一人いる。庄野慎一《しょうのしんいち》氏だ。彼も、北洋の転機を支えてくれた重要な人物だった。

彼は出会ったときにはもうカタギだったが、元々岡山で極道をやってきた人で、その頃の弟分が大阪で居酒屋をやっていた。武志はこの居酒屋に何回か来店するうちに庄野氏と出会い、付き合いを持つようになったのだ。初対面は武志が北村建設で働き始めてすぐの頃だった。その後、武志は赤字会社の北洋を手に入れて漕ぎ出したのだが、銀行で金を借りようとして審査が通らず、行き詰ってしまったくだりがあった。そこでこの庄野氏に「力を貸してください」と頼むと、彼は二、三日のうちに五百万を貸してくれた。付き合って一年も経たない頃なのに、OKしてくれたのだ。この軍資金がなければ、北洋のその後の成功もなかったわけである。

古林社長だけでなく庄野氏もまた、武志のことを気に入ってくれていたのだ。曰く、きっかけは出会ってすぐのときに交わした会話の内容だったらしい。向こうもヤクザを辞めて間もない頃のこと、酒を飲みながら「どない生きていったらええんでっしゃろうね」と言われた武志は、「男らしく生きてったらええんちゃいまっか?」と答えた。それで、おもしろい男だ、と思ったのだという。武志に覚えはなかったのだが、のちに庄野氏は何度もこのことを話してくれるのだった。

なお、当時借りた金は月賦で返していき、二年で完済した。

その後、北洋が軌道に乗ってくると、武志は「損して得取れやな」と思うようになった。

「自分のとこで技術を磨かなあかん」

そう考え、会社の金で社員を学校に通わせるようにした。

北洋メンバーの大半は、昔やんちゃしていた男だ。通算十年懲役に行っていた者もいる。

武志は彼らに、こんなふうに言って聞かせた。

「五十万以上掛かるとこ、会社で全額出すから学校に行ってこい。一級取ったらすごいぞ、おまえら。今は二十八万とかが、一級取れば一気に三十五や四十万になるぞ。それに、やんちゃしとったおまえらが一級取ってくれたら、わしも鼻が高いんや」

彼らは挑戦してみる気になってくれた。

武志は、以降も毎年三、四人を北洋から学校に行かせた。一級施工管理技士という免許を獲得することは容易なものではなかったが、それでも年に一人か二人、その大業を成し遂げてくれ、武志も一緒になって合格を喜んだ。

北洋が五年目を迎える頃には、ヘッドハンティングした者も合わせると社内の一級施工管理技士の数は十人を超えていた。こうなると、何億という仕事も請け負える。

役所が管理する建築会社のランクで、赤字会社だった北洋は元々最底辺のEランクに位置していた。その後、役所のランクシステムの改変があってEランクというものが廃止された折に自動的にDになったのだが、四年目でCに、七年目でBに昇格した。

北洋はすっかり仕事師の会社に生まれ変わった。自分たちでちゃんと建築のことを理解できるようになり、大工や鉄骨屋、土木屋各所への指示を、全部自分の会社の人間が行えるようになったのだった。

8　社員という家族の家族

一方、北洋がそんなふうに変化していく傍ら、ヒロの家族にも変化は起こっていた。

まずは、何より彼の妻であるサチコが出所したことが大きな変化だった。ユージも含め、三人で暮らし始めた彼らに、武志は時計をプレゼントした。自分の妻であるゆかりとペアで持っていた高級ブランド「ショパール」の腕時計だったのだが、それを渡すことにしたのだ。

ヒロたち夫婦を応援する意味で、武志はヒロに、ゆかりはサチコに時計を譲渡した。「これからは力を合わせて頑張れよ」と。

武志は、ゆかりが回しているデイサービスの現場でサチコを働かせた。ゆかりが「私が面倒を見る」と言い出したことがきっかけだった。

それからしばらくは、日々一緒に働くゆかりの口から、額に汗して真面目にやっていると、サチコの様子を窺い知ることができた。

――ところが、四、五ヶ月が経つ頃。

サチコは職場で急に奇声を発したり浮いた発言をし始め、様子がおかしくなってきた。話を聞いてヒロが自宅にある彼女の荷物を調べると、そこから眠剤《みんざい》や覚醒剤のパッケージが見つかったという。絶対にクスリをやっているはずだ、と思ったヒロは「おまえ、とりあえず検査いこう」と心を鬼にして、彼女を淀川警察に引きずっていった。

しかし検査の結果、陽性反応は出なかった。

武志は、たまたまだ、と睨んだ。サチコは「わあ、助けてぇ！」などと職場で騒いで暴れ、何度か救急車で運ばれたりもしていた。それは、間違いなくクスリによる被害妄想の産物だ。

「そんなん私を信用してへんやんか！」

サチコは検査の結果を得て、ここぞとばかりに声を荒らげた。武志には彼女がクスリをやっているという確信があったのだが、潔白を訴える彼女の主張を覆す肝心の証拠がない。陽性反応が出なかった手前、ヒロもそれ以上は強く言えない。彼女を見守る誰もが不本意に思いながら、様子を見る日々が続くことになった。

が、その後もサチコの振る舞いはやはりおかしかった。ヒロが一生懸命頑張ってなかなかの給料を稼いでいるのに、髪を染めるだの整形をしようかだの、浮ついた発言も多かった。

ゆかりも注意はしていた。「多少はね、芸能人に熱を上げたり、あの人かっこええ、ってのもあって全然いいと思うけど」と言って聞かせたりもしていたのだが、サチコは家でも「ちょっと出てきます」等と言って、だんだんと夜に出歩くようになっていった。そして次第に、デイサービスの仕事もおろそかにするようになっていく。

どうも、飲み会だかサークルだかといったものに参加していたらしい。ヒロは信用してそれを許していたが、結局サチコは悪い仲間と連絡を取っていたのだ。

そうして、いつしか彼女は家に帰ってこなくなった。

出所して帰ってきたときに、サチコは言っていたのに。

「ユージ、お母ちゃん今度こそほんまにやめるからな。あんたにこんな思いさせられへん」

息子のユージもそれを聞いて喜んでいたのに、結局彼女はやめられなかったのだ。夜遊びも、クスリも。

クスリに関しては一説には、女性は特にやめられないとも言われている。けれど、これほどまで身の回りに自分を思ってくれる大事な人がいても無理なものなのか。武志は、過去の自分もあるが故、他人事とも思えず、歯痒い気持ちだった。

そんなある日。ヒロの住む家から、今度は息子のユージが姿を消した。中学二年生になったユージは、家出をしたのだ。

無理もない。家族で暮らせる毎日がやっと手に入ったと思ったらすぐにそれが失われ、信じていた母親に手酷く裏切られたのだ。

武志はヒロから連絡を受けて、立林と三人で手分けしてユージを探し回った。

見つかったのは茨木市だった。ユージは友達の溜まり場のようなところにいた。ヒロは、マンションの一室であるその部屋の扉を「出てこい！」と叩いた。しかし何度そうしてもユージは出てこない。そこで今度は武志が前に出て、扉越しに声を掛けた。

「おいユージ！　辛いことといっぱいあるけどな、男は前向かなあかんのじゃ！　おまえにはお義父さんがおるんやから。こんなとこ、いつまでおってもしゃあないやんけ。帰るぞ！」

それから十五分ほどして、ユージは静かに中から出てきた。ヒロは彼を連れて帰り、また二人で暮らし始めたのだった。

そういう経緯があって、あのときのことは、光景もよう覚えてますけどね。やっぱり、そりゃあひねくれもするやろな、とは僕も思いましたわ。純粋な気持ちで、やっとお母ちゃん帰ってくるって楽しみにしてたから。なんぼヒロがやってくれるっていっても、やっぱり母親って大事ですからね。

ヒロには感謝もしてるっていうのとはまた別で。ショックだけじゃなしに、自分の人生を恨むわけじゃないけど、「なんで俺はこんなんや」思うたんじゃないかと、思うんですよね。

そら、期待をもってやっとやと思っていたのが、また三ヶ月やそこらで裏切られるんですから。そりゃもう、涙以外のことはないと思いますわ。

こうして、幸いユージはヒロの元に戻ったのだが、サチコは以降、二度と戻らなかった。自分のお腹を痛めて産んだ子を旦那が一生懸命に面倒見てくれているのに。

——武志は思う。

紆余曲折、七転八倒の末、自分はなんとかクスリとの縁を切ることができた。しかし、身の回りや社会では今も、昔の自分と同じように、クスリで苦しんでいる人がいる。クスリが多くのものを壊して回っている。

ヒロも、クスリをやっていた当時の自分自身のことは一番嫌いだったのではないだろうか。武志も、クスリに狂っていた三十歳くらいの自分のことを嫌悪して、死んでなくなれと思っていたので、わかる気がした。

クスリに飲まれていた当時はきっと「こんなのは自分じゃない」と思っていたに違いない。何か失敗することや非難されることがあっても、「俺はクスリをやっているから」、「あれは入れとったから弱かったねん」と、逃避してしまうのだ。

でも、「それも自分なんだ」と認めるようになれたら、変わっていくことができる。

自分で言い聞かせることが大事なのだ。やりたくなってきても「あかんあかん、こんなことやめな」と。そうやって思えているときは、気持ちが残っているから帰ってこられる。

それが「もうええねんええねん。もう好きなことやったるねん」という気持ちになってしまったら、もう人には戻れない。そして、人でなしになってしまったら、自分の周りの人たちをも苦しみ悲しませることになるのだ。

だからそのとき——家出先から母親のいない家に戻ったユージに、武志は言った。

「おまえは絶対したらあかんぞ。おまえも、人を苦しくさせたり、泣かせたりするようなことをしたらあかん。せっかくおまえ、おとんがおまえのことを、一生懸命頑張って育ててくれるんやからな。感謝して報いてやらなあかんぞ」

ユージは「はい」と静かに落ち着いた声で頷いていた。

ユージには辛さをバネにして、悲しい思いをさせた母親の存在を反面教師にして、強く真っ直ぐに生きてほしいと、武志は思っていた。

けれど——人生はうまいこと、ドラマのようにはいかない。

ユージはそれから五年以上のちに、十九歳になってクスリをやった。

ヒロは彼を大学まで入れてあげたのだが、彼は寮にいるうちに友達とつるんで葉っぱやらクスリやらに手を出し、勝手に大学を辞めてしまった。

ユージが家に戻り、ヒロもいろいろと考えたのだろう。じきに武志のところに相談を持ち掛けてきた。ユージを北洋の下請けである電気屋に預けて働かせたいというのだ。武志としては北洋でも構わなかったのだが、そこはヒロのこと、すでに先方の電気屋に話は通してあるに違いない。それに、息子を北洋に入れてもらってから万が一、武志に迷惑を掛けることになっては、と考えたのだろう。

武志も考えた。北洋だと自分が長なのでつい厳しくなってしまうだろうし、ユージもやりづらいだろう。ワンクッション置くつもりで下請け会社がちょうどいいのかもしれない。身近で見守ることはできないが、そこで頑張ってくれたらいい。そう思い、武志もヒロに了解の旨を伝え、ユージは電気屋で働きだしたのだった。

しかし、ほんの三ヶ月ほどでユージはそこからもいなくなってしまった。

どこへ行ったのかは、ヒロにも連絡はない。

妻も息子も自分の側から消え、一人になって自分を卑下《ひげ》していたヒロに、武志はこう言って聞かせた。

「おまえは自分の責任で最後まで息子を育てた。二十一になるまでしっかり面倒を見た。立派なもんや。捕まったときに早く出てこんと、信念をもって最後まで務めあげたんと同じや。おまえはやりきった」――と。

ヒロは、それからさらに時が過ぎた令和の現在でも、武志と共に北洋にいる。

出会ったときから変わらない一途さで、常務として今も北洋と武志を支えてくれているのだった。

9　情けこそが身も世も助く

北洋はその後も順調に成長を続けていった。年商が倍々になっていくような活躍ぶりは、まさに破竹の勢いと言っていいだろう。実は、結果的にその一助になったのが、兄から北洋をもらい受けるのと前後して始めていたボランティア活動だった。

当時の武志はまだ収入も安定しない状況だったが、ヤクザも辞めたことだし、とにかくいろいろとやってみたかったのだ。その一つが、地元への恩返しだった。

自分を育ててくれた東淀川の街と、町の人々に何かお返しがしたい。そう思っていたところに、町内会の知らせが回ってきて、武志は自治会の会合に顔を出すことにした。

実際に訪れてみると、そこにいたのは七十代後半から九十歳代ほどの人ばかり。その光景を目の当たりにした武志は思った。

　こんな年の人たちがこの街を守るために頑張ってくれてんのに、自分らみたいな若いもんが動かないで、どないすんねん——と。

　それがきっかけで、武志は地元のために防犯や防災を呼び掛ける活動を始めた。街が健全になって活発化していくのはいいことなので、その一助をしたかったのだ。また、子どもを大事にせなあかんと考え、小中学校の登下校時の声掛けをやらせてほしいと、お上《かみ》にお願いした。

　しかし、学校の前に武志たちが立つと子どもが怖がると言われ、学校のＰＴＡに反対されてしまった。武志は地元ではヤクザとしてすっかり名が通っており、カタギになったとはいえ、町の人々は皆、そんな人間を子どもたちの側に置くことを心配したのだ。

　だが、これも最初だけのことだった。ちょうどこの頃、武志の地元の同級生らが教育委員会やＰＴＡで偉い立場を務めており、親御さんや学校を説得してくれたのだ。

「北やんはそういうのちゃう。昔から、弱い者の味方して戦ってくれる男やった。正義のヒーローやったから、そこは俺が保証する」

　そんなふうに話してくれて、ＰＴＡも武志らの参加に賛同してくれるようになった。

　かくして、武志は北洋の社員たちと毎朝、黄緑色のウインドブレイカーを着て帽子を被り、校門の前で子どもたちを見守る活動を始めた。色こそ違うが、いわゆる「緑のおばさん」というやつだ。

　けれど、これもただ声を掛ければいいということではない。痣《あざ》を作っている子がいたりしないか、それはＤＶやイジメといったものではないのか、しっかり見て、学校の先生に伝えたりした。

こうした経緯があって、武志は〈ＮＰＯ法人・東淀川地域町づくりの会〉を設立する。

毎週ゴミ拾い活動をしたりしつつ、小中学校の声掛けも続けた。泥棒やら強盗やらが出たと聞けば、その界隈をそれから十日間ほど毎晩、火の用心を唱えながら見回りして歩いた。

警察に許可申請をして、四ヶ月に一度は東淀川全域で「全体パトロール」という巡回活動もした。街頭宣伝カーを出して注意喚起の呼び掛けをするのだ。

じきに、活動会員は五十人を数えるようになっていった。


そんな頃、日本を揺るがす大きな出来事が起こる。

平成二十三年、二〇一一年三月十一日――東日本大震災だ。

無論、武志が住み暮らす東淀川は東北からは遥かに遠く離れており、直接的な被害はなかった。けれど、東北での被害は連日メディアで放送されている。阪神・淡路大震災を経験した武志だ、これを見過ごせるわけがない。他人事ではないのだ。

そう感じていた武志のところに、世話になっている古林社長から連絡が入った。

「北村さん、今ボランティアやってはるけど、東北行きませんか？」

被災者の方々の力になるため、現地にボランティアへ行かないかというのだ。自分も力を貸すからこういうときこそ力を合わせて、と。武志がそれに頷くと、古林社長は多額のカンパ金を用意してくれた。

——俺らがすぐ行くから、頑張っとってくれよ。

かくして、胸にそんな熱い気持ちを抱え、武志は東北行きの準備に入る。が、救援の物品を揃えるのに手間が掛かってしまい、一週間後出発の予定が月末までずれ込んでしまった。

とはいえ、被災から二週間。現地では、まだ家族が見つからない人々も多い状況だ。

武志は四トントラックを借りて、北洋の社員やＮＰＯの仲間たちと東北へ向かった。当初は古林社長も一緒に行く予定だったのだが、社のことでどうしても外せない急用ができてしまったらしく、惜しくも同行ならずであった。

武志たちは古林社長の想いも乗せて、一路東北へと走る。お上に許可を取ったことで、道中の高速道路の料金は全て無料。百数十万円分の物資を抱えて片道二十時間の行程だった。

悪路も越えてようやく現地に辿り着くと、武志たち一行は巨大な鍋を取り出して、早速炊き出しを始めた。五百人分ほどの炊き出しの食材は、全て地元でカットや仕込みを済ませてあった。その筆頭として活躍してくれたのは、もちろん妻のゆかりだ。子どものこともあるので彼女は大阪を離れられなかったが、女性社員やヘルパー会社の皆と一緒に、一丸《いちがん》となって頑張ってくれた。

目下、被災地となった東北では熱々のご飯が食べられない状況で、皆が皆、武志たちの炊き出しを大喜びで口にしてくれた。配給のおにぎりもあるにはあったのだが、これが厄介なことに配布する人数分全てを拵え終えてからしか配ってはいけないルールなのだという。自治体や国のお金によるものなので、依怙贔屓《えこひいき》や不公平が生じないようにという配慮とのことだった。だが、実際に見せてもらった配給のおにぎりは半ば凍っているような状態で、武志は「これはよう食えんぞ」と思った。そんな中で武志たちによる熱々の炊き出しは、現地の人たちから大喜びで迎えられたのだった。

武志たちは額に汗して、丸一日炊き出しを続けた。

物資もたくさん配った。タオル、歯磨き粉、洗剤、生理用品、ウエットティッシュ、靴下、等々。みんな喜んでくれた。来るときにびっしりだった四トントラックの荷台が綺麗さっぱり空っぽになった様は、実に圧巻だった。

――のちに、被災者の方々のコメントが雑誌の記事に出ていた。

『黄緑色の服着たおっちゃんが来てくれて、久しぶりに温かいものが食べれた』と。黄緑色の服とは自分たちのことだ、と武志は思った。「行ってよかったな……」と、じんと感じた。

報道は日本国内だけではなかった。実際にどう報道されたのかを目にする機会こそなかったが、世界的に有名な〈ＡＰ通信〉も現地で武志たちを取材していたのだ。炊き出し風景を映させてもらいたいと言われ了承したものの、カメラに緊張してしまって「自然にやってください！」と怒られたりした。皆、カメラを意識して髪型を気にしたり身なりを気にしたりし出してしまって、お椀を渡すときの笑顔も強張ってしまった。そこは芸能人でもないし、地方新聞くらいならまだしも世界的に有名なＡＰ通信とあっては、恥ずかしながら致し方なかったと思う。

ほんまに行ってよかった思います。今でもあのとき喜んでくれた人たちの顔が浮かびますわ。いや、今もう一回行けって言われたら行かれへんけどね……って思うけど、いざとなったらまたエネルギーがかぁっと湧き上がる感じかもしれませんわ。

この年の九月一日付で、武志の〈NPO法人・東淀川地域町づくりの会〉は、現地の公民館長から「ご支援御礼状」をもらっている。

また、従来の地元でのボランティア活動を続けていった結果、平成二十五年には東淀川区長から「美化感謝状」をもらうに至った。続けて翌年には大阪市長から「ボランティア活動感謝状」を、さらに翌年には再度東淀川区長から「交通安全運動感謝状」をいただいた。

NPOをやると言って始めても、ほんの一年二年でやめてしまう団体が多いところ、武志は当たり前に続けているだけのつもりだったが、次第に周囲からその活動ぶりを認められ、評価されるようになり、自腹で買っていたゴミ袋も大阪市から支給してもらえるようになったり、袋だけでなくゴミを拾うためのトングまでもらえたりもした。

こういった表彰は全部、地元の人や自治会が推薦してくれたおかげによるものだった。こんだけこの子らやってくれてるからと、区長や市長に話してくれたのだ。そういった推薦が何個も集まって、これらの感謝状に相成《あいな》ったわけだ。武志からすると、感慨深いものがあった。自分のようにヤクザの組長だった者が、まさかこんなふうに表彰される日がこようとは。だがこれも、皆が喜んでくれた証なのだと思うと、喜びもひとしおだった。

NPOでの活動は、十数年（二〇二四年で十九年）が経つ現在でも続けている。登録者数は八十人ほど。常に参加しているのは地元の人間が十人くらいだが、他の人たちも月ごとに入れ代わり立ち代わり、時間を見つけては活動に参加してくれている。

また、彼らやボランティアで関わる人たちの声は、北洋の活動にも活きていた。

地元民はこんなことに困っている、あそこの道にはガードレールがなくて危ない、ここに階段だけでなくスロープもあれば、等々の意見を聞けるおかげで、町づくりや建設のプランを地元密着で具体的に考えることができるようになった。そのおかげでみんなに喜んでもらえる仕事ができ、会社もより繁盛するようになっていったのだった。

そうこうするうちに、平成二十七年。

武志は北洋の代表取締役会長個人としても、初めて表彰を受けることになる。これは大阪保護観察所長からの「更生保護事業感謝状」だった。武志の北洋は、脛《すね》に傷のある人間を率先して仲間に加えるようにしていた。累犯加重者と性犯罪者以外は、前科者だろうがなんだろうが一切気にしない。実際、雇ったそういった者たちは、額に汗して一生懸命に働いてくれた。元々フラフラしていたのに、北洋で働くようになって人生が変わったであろう者も少なくない。武志自身、ヤクザとして顔を背けられていた町のみんなから歓迎してもらえる人間になったように、彼らも変わったのだ。

北洋の社内で起こったそういった出来事の積み重ねが、人間更生に貢献していると判断された結果の感謝状だった。

翌平成二十八年には法務大臣から「更生保護事業貢献感謝状」をもらい、さらに翌年も同様の感謝状を頂戴《ちょうだい》する。こういった体験は、ヤクザを続けていたとしたら、決して味わうことのできなかったものだっただろう。

当時は暗中模索《あんちゅうもさく》の船出だったとはいえ、漕ぎ出してよかった。自分の決断は、多くの人を笑顔にすることに繋がったのだと感じる武志だった。

10　興行への挑戦

これまでにない体験は、表彰とはまた別の角度でも武志の身に訪れていた。

それは東日本大震災の翌年——二〇一二年のことだ。ある日、北洋の建築現場の警備をやってくれている会社の常務から、こんな連絡があった。

「大阪で力になってくれる人を探してるって人がおるんです。いっぺん会ったってもらえませんでしょうか」

彼は武志のNPO団体にちょくちょくカンパもしてくれていたし、事情はわからないけれど彼が言うならと、そういった経緯で会ってみたところの人物が、驚いたことに有名プロレスラーの大仁田《おおにた》厚《あつし》選手だった。

大仁田氏はメディアで拝見していた通りの熱い口調で武志に言った。

「会長、僕もボランティアとか好きなんで、チャリティーで試合やりたいんです。お金とかいいんで力になってください」

子どももお年寄りも好きなので、みんなに自分の試合を見てもらいたいのだという。武志はそれを聞いて「粋な人やな」と思った。そして、「よっしゃ、乗ろうやないか」と、彼に協力することにしたのだった。

――が、言うは易《やす》く行うは難《かた》しで、実際に開催に漕ぎつけるまでには一苦労があった。

地元の自治会の会長がなかなかＯＫを出してくれなかったのだ。しかしそれも無理からぬこと。お天道《てんとう》様の下を歩けないとも言われるようなヤクザ稼業を長年してきた得体の知れない男に、自分たちが守ってきた場所を貸すとなれば、それは誰だっていい顔はしない。市にお願いに行っても、自治体の町会の会長さんに了解をもらったらいい、と言われるだけ。武志は、ヤクザでいうところの一種の縄張りのようなものがあるのだと理解し、どうしたものかと眉間に皺を寄せた。

ところが、相談とも悩みの吐露ともつかない感じで地元の先輩にこの話をしてみると、「チャリティーとは、それはいいことだ。ちょっとこっちからも話してみるわ」といった具合に気風よく言ってくれた。この先輩は、大阪府人権協会の理事長をしていた。それもあってのことかはわからないが、最終的には自治会長からの了解をもらえ、武志たちは三時間ほどのイベントを開催させてもらえることになったのだった。

かくして迎えた二〇一四年の四月、ＮＰＯ法人・東淀川地域町づくりの会の主催によって『ワイワイ交流フェスタ』と題した催しが開催された。日之出《ひので》公園のグラウンドに二十万円掛けて大きなプロレスのリングを設営し、ものまね芸人やピエロなどのパフォーマーを呼び、地元のダンスチームにも出演してもらっての一大イベントだ。

当日はまだ春先にもかかわらず暑いくらいの快晴で、目玉である大仁田氏とお仲間プロレスラーたちの試合などは、訪れてくれた町の人々が皆、額に汗して熱い声援を送ってくれた。

イベントの後援には北洋を始め、妻のゆかりが取り仕切っているヘルパー会社等々、今や〈北村グループ〉となっている各社が名を連ねている。興行には総額でおよそ百五十万ほど使った。あくまでチャリティーなので出演料とはいかないが、出演してくれた人たちにはせめてもの気持ちとして車代を包ませてもらった。炎天下だったので、来場者にも一人一本ずつペットボトルのお茶を配布したりした。その数は全部で千本ほどに上った。

馬鹿にならないだけのお金も掛かったし、社員たちなど当日のスタッフの労力も大したものだったが、実際に訪れてくれた多くの人たちの楽しそうな笑顔を見ていると本当に嬉しく、武志は大仁田氏と声を合わせてイベントの成功を喜んだのだった。

武志と大仁田氏との付き合いはこのチャリティーイベントだけに終わらない。

二〇一七年の九月に開催された大仁田氏の引退試合——この大阪公演も、武志が取り仕切ることとなった。あまりに大きな催しのため、さすがの武志も即断即決とはいかなかったが、「大阪での試合は、ぜひ会長にお願いしたいんです」という大仁田氏の言葉もあって、武志は臍を固めた。

　題して『さよなら大仁田厚・株式会社北洋 presents 大仁田厚最後の電流爆破 in 大阪』だ。会場はエディオンアリーナ大阪こと、大阪府立体育会館の第二競技場。地元の一企業には手に余るであろう、千名以上が入る大箱《おおばこ》だ。

　とはいえ、大仁田厚という男の大舞台。大喝采の中で花道を飾らせてあげたい。武志は社員や友人知人と仲間たちと知恵を出し合い、あれこれと盛り上げる支度をした。大仁田氏の対戦相手としては当初ボブ・サップ氏に声を掛けてみたのだが、これは残念ながら飛行機の都合で無理だった。そこで、世間にも昔から馴染みのある名選手、藤原喜明《ふじわらよしあき》氏との対戦と相決まった。

　無論、メインである試合以外にも催しを用意する。大阪生まれのヒップホップユニット〈E《イー》T《ティー》—KING《キング》〉をゲストに招き、音楽ライブをしてもらうことになった。

　興行の内容が決まっていくと、武志はチケット作成を進めつつ売り込みに奔走した。大仁田厚という熱い男の大舞台、客席に穴があったりしてはならない。そう考え、知人に頼んで回った。発売になったらぜひ買ってほしい、と。地道だが、これは重要なことだ。会場のキャパシティーである千席以上ものチケットを売るというのは生半可《なまはんか》のことではない。何しろ、単純計算でも一千万円以上の金が動く規模なのだから。

チケットを売るために、武志はいろいろな社長方に頭を下げて歩いた。ところが、ここで先方からちらほら言われたのが「大仁田、ほんまに引退するんか？」だった。

何を隠そう、大仁田氏はこれまでにも既に六回、引退宣言をしている。どこかのアニメーション監督にも引けを取らない回数だ。結局はそれらが覆されてきたからここに至って武志が引退試合を取り仕切ることになっているわけだが、話を聞いた人々が本当に引退試合なのかと疑いたくなるのはもっともなことだった。

ただ、そう感じるのは武志も元々同じだったので、大仁田氏には事前に一つだけ言質《げんち》、確約をもらってあった。大量のチケットを完売させるには、どうしても「今度こそ本当の引退試合だ」という確証が必要だったのだ。

だから、武志は社長方に聞かれるたびに自信を持って言い切った。

「今度こそほんまですねん。大仁田厚いう男は、わしの顔は潰さんから、ほんまやから」

そう断言すると皆「会長がそない言うんやったら」と、引退宣言を信用してチケットを買うと言ってくれた。武志はそこでさらに、二十枚と言われたのを三十枚と押したりもした。

——その結果、発売からわずか二日で完売という見事な具合に相成ったのだった。一時はコンビニのチケット販売でも売るかなどという話も出ていたが、蓋を開けてみればそんな余剰分が残るどころか、足りないくらい。最終的にはあと百人ほど、どうしても入りたいという観客を立ち見で入れたりした。

この規模の興行をやるというのは簡単なことではない。『ワイワイ交流フェスタ』のときに輪を掛けた忙しさで、ポスターを作ったり当日の段取りをつけたり、とにかくやるべきことが後を絶たない。武志は社員や仲間たちと、普段の業務に加えて連日連夜動き回り、ようやく当日を迎えるに至ったのだった。

観客は千五百人近い超満員で、有名女子プロレスラーのダンプ松本氏らも駆けつけてくれていた。開催試合数は、全部で十試合。準備段階では、私も出してくれ、といった売り込みもたくさん来ていたが、会場を借りられる時間が二時間に限られていたので、十試合に留めておいた。

会場の料金は一時間のエアコン代だけで二十万掛かる。折り畳み椅子も、千五百個ともなると七十五万円。イベント後はきっかり約束の時間通りに原状復帰で返還しなければならないため、北村グループの人間八十人ほどの総掛かりで掃除、撤収作業に注力した。

大変だった。けれど、大盛況のうちに終わることができ、何より。そしてこのときもまた、皆の喜んでくれた顔を見ていると、本当にやってよかったと心の底から思えるのだった。

興行が終わった後は、七十人ほどを集めて北新地にあるクラブで二次会も開催した。収益は、興行に掛かった経費だけを差し引いて、あとは全て大仁田氏に渡した。「大仁田さん、あとはあんたにはなむけや」と。二次会の会場では「みんな、また別で祝いやったって」と言って、武志はその場でも彼宛にお金を集めた。武志自身からは二十万、人によっては一人で五十万包んであげた人もいたようだ。おそらく、その場だけで二百万くらいにはなったと思う。先述のものと合わせると七百万以上は渡してあげられたはず。武志としては満足の額だった。

大仁田氏も、大変に感謝の意を表してくれた。恐縮してもいたようだが、「大仁田さん、こらぁ気持ちや」と武志が言うと、お金を収めてくれた。

二次会が終わり解散すると、武志は大仁田氏の奥方からも声を掛けられた。

「会長……今までいろんな人にスポンサーになってもらってきて、お金で揉めたりしたこともあるけど、こんなにきれいにやってくれた人いません。ありがとうございます」

きれい、とは言ってくれたものである。確かに、グループの社員で総力を挙げ、これだけの大仕事をやっておきながら、武志は一円たりとももらっていなかった。そのことを奥方はわかっていたのだ。

「いやいや、これははなむけですから」

武志はさらりと返したが、感じ入った様子で言ってもらえた言葉は、やはり嬉しかった。

……大仁田氏はその一年後に長崎県神埼《かんざき》市の市長に立候補する。

そのときには、武志もまた応援したりもしたのだが、それはまた別の話だ。

武志が親睦を持った有名人物は、他にもいる。

その出会いは、北洋の常務である仲村《なかむら》の話から始まった。彼がかねてから仲よくしている運送会社の山田社長という方が、北村会長を一回紹介してほしい、と言ってきたとのことで、武志はまずその山田社長と会った。こちらもお名前はかねがねお伺いしてます、と。

山田社長は大相撲の大ファンで、某有名力士と個人的に仲よくしていた。その力士に救急車をプレゼントしてあげたことも、四、五回ほどあるという。――というのも、彼の出身地であるモンゴルでは、救急車のような命に関わる最重要なものでさえ十分に行き届いていないという話で、彼はもらったそれをお郷に贈った、というわけである。

武志はその後も山田社長と何度か会い、初対面から三ヶ月ほどが経った頃。

「会長、相撲好きですか？」

山田社長にそう尋ねられた。

「自分も相撲好きですよ、昔はよく見ましたよ」

会うたびにそうこう相撲の話をするようになり、やがて、大阪で開催される春の本場所へ連れて行ってもらえることとなる。山田社長は武志だけでなく、妻のゆかりも一緒に招待してくれた。

いざ現場に着いてみると、砂被《すなかぶ》りという最前列の席だった。取組の後には紀伊浜《きいはま》部屋に連れて行ってくれ、親方を紹介してくれたり力士たちと一緒にちゃんこを食べさせてもらったり、とてもよくしてもらった。山田社長は部屋の方々ともよくこうして懇意に過ごしているようだったが、武志にしてみれば、そんなどれもこれもが生まれて初めての体験で、とても新鮮だった。新しいご縁ができ、武志も紀伊浜部屋とそこの最高位力士らと交流を持つようになったのだった。

その最高位力士を応援する会というのにも参加するようになった。社長連中六人くらいが集まっている会で、大阪場所などで年に何回かその力士が関西に来る際に、一緒にご飯を食べに行ったりする。こういった貴重な機会には、店もケチなところを使うわけにはいかない。毎回、一人七万、八万円もするような店での会食となる。最高位力士は付き人を一人二人連れてくるものなので、彼らの分も合わせて御飯代数十何万なりを、社長連中皆で出し合うわけだ。その後、クラブに何軒か飲みに行ったりもあって、多いときは一日に八十万ばかり使うこともある。最低でも五十万といったところだろうか。最高位力士にも、頑張って、という気持ちで最低十万は包んで渡す。普通の力士で三万、大関で五万。いわゆるタニマチの間では、額はそれが暗黙の了解となっているようだ。また、山田社長の話によると近年ではなくなったが、昔バブルの頃にはゴルフへ一回一緒に行って百万包んだり、という時代もあったらしい。

アイドルと同じで、今は力士も身近に触れ合うことができる存在になったと言えそうだ。

武志は、年三回ほど最高位力士たちが関西に来るうち、一回はあえて断るようにした。北洋を始め仕事が順調にいっているとはいえ、お金は無限ではない。同じ額を使うならその日限りの酒で消えるより、形になるものを渡してあげたい、という気持ちがあった。

一緒に飲んで歩きたいのは山々だが、そこを我慢したら、いい意味で変わってくるものがあるように、武志には感じられた。そういった考えから三回に一度の節約をして、のちに最高位力士の彼が九州場所で優勝したときには、二百数十万の時計を贈ったりした。

そのときには向こうから電話があり、武志が「お祝い贈ったん、届きましたか？」と尋ねると「会長！　こんな何百万もするもの宅配便で送る人初めて見ましたわ」と笑い声を上げてもらえた。優勝したのが九州場所だったので、時計は現地に宅配便で送ったのだ。

ずっこいやりかたかもわかりませんけど、なんでも意味のあることをしたいほうなんで、活用したほうがええな、思って。そうですね、誰かの言う「生きたお金の使い方」ってやつかもしれませんね。

その後、二〇一七年に最高位力士の彼が引退するときにも、武志はいろいろ贈ったりした。また、彼が引退の四年前に紹介してくれた若手――のちに次代の最高位となる力士に、救急車を贈ってあげたりした。これは山田社長に倣《なら》った形だ。輸送費だけでも百四十万円ほど。その力士はもちろんそれを母国のモンゴルに贈った。武志の買った救急車が人の命を救うために、今頃モンゴルのどこかを走ってくれていることだろう。

結びに

北洋と、それを含む武志の〈北村グループ〉各社は、二〇二四年の現在でも順調に活躍している。得難いことにも地域の人々から愛してもらえ、表彰も、令和二年にはさらに大阪府知事から「新型コロナウイルス助け合い募金寄付感謝状」を、令和四年には「近畿地方更生保護委員会感謝状」をもらい、今も変わらず各活動を続けている。

武志は思う。

ここまで、本当に紆余曲折の人生だった。

ヤクザの頃には、指もたくさん落とし腹を切り、クスリに飲まれ、一時はロシアンルーレットで自らの命を絶とうともした。それが、なんの因果《いんが》か今日まで生き永らえている。

これまでの、あれもこれもが挑戦だった。保証なんてどこにもなくて、いつだって挑戦だった。失敗したものも多いけれど、成功したものも少なくはなかった。

一番苦労したクスリを断つという挑戦は、長年ついてきてくれた弟分たちと、常に側にいてくれる家族の存在あってこその成功だっただろう。長男の拳誠《けんせい》、次男の匡星《きょうせい》、長女の愛生《あいな》

——そして、妻のゆかり。

家族には感謝してもしきれないものがある。

だが、この挑戦は今も終わったわけではない。クスリというものは一度関わってしまったが最後、死ぬまで戦いなのだ。たまにはいいかな、久しぶりにちょっとだけ、という悪い虫がいつまた湧かないとも限らない。そういうものなのだ。

もちろん、自分はもうそんなふうになるつもりはない。クスリ漬けだった頃のあの大嫌いな自分には二度と戻りたくはないし、今は大切な家族も、大切な社員たちもいる。

自分のことを信じてくれている多くの人々や、こんな自分にも感謝の念を抱いてくれる人たちがいる。それに恥じぬよう、それを裏切らぬよう、生涯を生き通すつもりだ。

……一方。

武志は近年こんなことも考えていた。

自分も、ここまでの半生を振り返る年に差し掛かったように思う。自らの体験や、それによって感じたこと、あの人やこの人への感謝の気持ちなどを、何かの形にしておきたい。

彼はある日、今も側で頑張ってくれている北洋の取締役部長である中西信二に、そんな気持ちを明かし、相談をした。

「自伝とかよく言うやろ、ああいうのってどないするんかな」

すると信二は、その方面にはなかった伝手を並外れた行動力で作り、一人の男と知り合った。それが、フリーランスとしてシナリオライターなどの文筆業を営んでいる男——私だ。

そこで、中西信二氏に呼ばれ北洋を訪れた私は、北村武志という人物と初めて会った。

彼の半生は私個人としても、聞けば聞くほどに学びのあるものだった。

一年以上の間、二人三脚で武志氏と共に書き起こした彼の半生が、今ここまでお読みいただいたものである。

私は、ここまで書き上げた後、彼にこう尋ねた。

「じゃあ、もう今は北洋も何もかも安心て感じですね」と。

けれど、彼はまるでその言葉にピンと来ていない様子で……。

そのとき私は、今更ではあるが結論のように感じたのである。

現状維持ではなく前進。彼の頭にあるのはいつだってそればかりなのだと。

彼自身が名付けた、この物語のタイトル『最後の挑戦』。それこそが答えだった。

「挑戦」という二文字こそが、北村武志という男を表すのにふさわしい言葉なのだ。

武志の人生はこれまでも、そして、多くのものを手にしたであろう現在より先も、常にずっと挑戦なのである。

彼にとって、本当の最後の挑戦はなんなのだろうか。

今はまだわからない。私にはおろか、おそらく彼自身にも。

けれど、私はそれを知りたいと思う。

それがわかるときまで、彼を見つめたいと思う。

これは、人をそんな気持ちにさせる男——北村武志の半生の物語である。


〈了〉

その後……

突き抜けるように青く澄み渡った空に、真っ白な雲が流れていく。

温かな春の陽気の中、武志は妻のゆかりと二人、大阪淀川沿いの毛馬《けま》公園を訪れていた。

川沿いの道には名物とも言える桜がずらりと並び、鮮やかに咲き誇っている。

二〇一八年、春。武志は五十三歳になっていた。

まだ現役のヤクザだったときには「いつかゆっくりできる日が来たら、あの堤防道を、桜を眺めて歩いてみたいもんや」と思ったものだった。

だが当時の武志には気持ちの余裕がなかった。身体を張り時間に追われる毎日だったのだ。年末年始も関係ない。大晦日は必ず組の事務所で年の瀬の挨拶を行い、続く元日には新年の挨拶、そしてそのまま組の者たちと初詣に繰り出す。それが習慣で、それが当たり前だと思っていた。

変わったのは四十一歳を迎える直前、ヤクザを辞めたときだ。ゆかりや子どもたちと一緒に、初めて家族水入らずの年末年始を過ごした。

こたつに入ってみかんを食べながら紅白歌合戦を見る。どこにでもある自然な家庭の姿。けれど二十年以上大晦日に家にいることがなかった武志にとっては、感慨ひとしおだった。

「本当にカタギになったんや……」と実感した瞬間だった。

ゆかりと初めて毛馬の桜並木を歩いたのは、その年の春だ。それは得も言われず心地よく、心が純粋に戻るような気がした。

以来、武志は毎年四月になると、こうしてゆかりと毛馬の桜を眺めに来ているのだった。

「……やっと、クスリやめて立ち直って十年越したわ」

ゆったりとした足取りで川沿いの並木道を進みながら、隣を歩くゆかりに呟く。この場所に来るといつも、長年のいろいろな出来事が、まるで走馬灯のように思い出されるのだ。それは取りも直さず、ひたすら戦いに明け暮れてきた日々だった。

ゆかりは遠い目をした武志の横顔を見つめ、ただ静かに頷く。言葉はなくともその瞳一つで、彼女も同じように「やっとここまで来たんや」と思ってくれていることが伝わった。

「でもな……俺は、今もこれはこれで戦いやと思う。自分との戦いと、世の中との戦い。その二つの戦いに、これからは勝っていかんとなあ」

そう言った武志の顔が、ふっと綻ぶ。

「ここの桜、これからもずっと、毎年こうして見に来たいなあ。俺にとって大事な場所やから……元気な間は」

「歩かれへんなったら、車椅子で私が連れてきたるやん」

ゆかりの言葉に思わず胸が熱くなる。武志は笑って頷いた。

ありがとうと言葉にしてしまうと感情が堪らず込み上げてきそうで、武志は頷くことしかできなかった。

二人の傍らには淀川が流れている。止まることのない時の流れを表わすかのように長く、緩やかに静かに、そして確かに――

これは令和元年を目前に控えた、平成最後の春のこと。

新たな時代へ向かっていく武志は、堅くゆかりの手を握っていた。


〈続く〉

その後……

あとがき

北村　武志

人は皆、色々な人生を経験していると思います。

私の半生は決して自慢出来るようなものではありません。

ですが、諦めなかったら必ずやり直しは出来る、という事を身をもって感じた半生でした。

ただただ自分が弱いだけで自分を信じられなくなってしまう、そのうえクスリをしたら自分の事を正当化し、他人のせいにする卑怯な考え方になってしまう。そんな自分が本当に嫌いでした。

人生において、人のせいにする間は、人間成長はしません。人を恨んだり憎んだりは尚更です。でもそれが無くなったとき、人は変わっていくんだなと……そう思います。

自伝を書いてくれ書いてくれと、以前から周りに言われ続けていたものの、始めはそんな大変な事、と思っていました。ですが、ある人から「やんちゃしてた若い子のためにもなるんじゃないか？」と言われ、私の半生でよかったら、と思い、書く事にしました。

クスリに溺れたりやんちゃしたりした人間が、もう一度やり直す時に北村の本を読んで「この人、四十歳から人生やり直してなんとかなっとるやん」、「私も今からでも遅くないわ、頑張れる」と思ってくれたら幸いです。


今回のこの本では「どうにもならない自分との時代」を中心に書いてあります。

ですが、まだ書いていない出来事もたくさんあります。親、兄弟に本当に迷惑をかけた事、会社立ち上げの時に妻の両親にしてもらった事、私が出会った舎弟や若中の一人一人にも伝えたい事が、まだたくさんあります。

「あの時、俺がしっかりしていたら」と思う事、たくさんあります。

いまだに私の周りにいてくれる連中には、本当に感謝しかありません。

館林信隆、佐藤伸介、真本英一、中西信二、佐藤洋志、松本裕之、前中高志。

そして、会社立ち上げから力を発揮してくれた、江前荘多、橋本一昭。

心から「ありがとう」と言いたい。

私は男の世界で、本当に支えられている。その事を死ぬまで忘れてはいけない……そして、犠牲の上に私が今いる事を一生忘れてはいけないと……そう感じています。


私はまだ「日々闘い」と思っています。

自分の気持ちをしっかり持つ事が大事で、この気持ちを欠けさせたら、また隙を作ってしまうからです。もう、私のように周りに散々迷惑を掛けてきた奴は、人生死ぬまでこの闘いに挑んでいなければなりません。

それがクスリを経験し、断った人間の掟と思い、これからも人生進めてまいります。

令和六年・仲秋

本作品は事実に着想を得たフィクションです。実際の出来事、実在の人物や団体などとは異なる創作が含まれています。

原作者

北村武志（仮名）　きたむら・たけし

昭和四十年、大阪市東淀川区淡路生まれ。

昭和五十六年、大阪市立淡路中学校卒業。

その後中学校の不良仲間とその世界（今でいう半グレ）で名を馳せ、その仲間と昭和五十七年右翼団体を結成し会長となった。昭和六十年〜平成十八年（約二十二年間）、極道の世界で波乱万丈の生き方をする事になる。平成十八年堅気になり、平成二十一年五月二十日、北大阪の建設会社で代表取締役会長に就任し、名だたる会社に育て上げ現在に至る。

著者

新井淳平　あらい・じゅんぺい

作家／シナリオライター（@sin_hirai）／X
神奈川県出身・大阪府在住。
小説・ゲームシナリオの他「平井新」名義で漫画原作も執筆。著書に『猫侍　久太郎、江戸に帰る』、『シンデレラゲーム』等がある。大阪アミューズメントメディア専門学校講師。

最後《さいご》の挑戦《ちょうせん》

二〇二四年一一月二五日　第一刷発行
二〇二四年一二月二三日　第二刷発行

原作者　北村《きたむら》武志《たけし》
著　者　新井《あらい》淳平《じゅんぺい》
発行者　堺　公江
発行所　株式会社講談社エディトリアル
郵便番号　一一二－〇〇一三
東京都文京区音羽　一－一七－一八　護国寺ＳＩＡビル六階
電話　代表：〇三－五三一九－二一七一
販売：〇三－六九〇二－一〇二二
印刷・製本　株式会社ＫＰＳプロダクツ

ISBN978-4-86677-149-6

KODANSHA EDITORIAL